1885 - Décembre. 17

Vente du 17 au 21 Décembre 1885

(SALLE SILVESTRE)

CATALOGUE
DE LIVRES
ANCIENS ET MODERNES

EN TOUS GENRES

ET DE

MANUSCRITS

Sur l'Histoire de France
l'Histoire des Provinces et l'Histoire de la Noblesse française et étrangère

LIVRES EN NOMBRE

DONT LA VENTE AURA LIEU

Du Jeudi 17 au Lundi 21 Décembre 1885

A sept heures et demie du soir

RUE DES BONS-ENFANTS, 28 (MAISON SILVESTRE

Salle n° 2

Par le Ministère de Me Maurice DELESTRE, commissaire-priseur
27, rue Drouot, 27

Assisté de M. Ém. PAUL, gérant de la librairie Vve Adolphe Labitte.

PARIS

Vve ADOLPHE LABITTE

LIBRAIRE DE LA BIBLIOTHÈQUE NATIONALE

4, RUE DE LILLE, 4

1885

Vve ADOLPHE LABITTE

LIBRAIRE DE LA BIBLIOTHÈQUE NATIONALE

4, rue de Lille, Paris.

VIENNENT DE PARAITRE :

TABLES ALPHABÉTIQUES

DES

AUTEURS, OUVRAGES ANONYMES ET ARTISTES

SUIVIES

DES LISTES DES PRIX D'ADJUDICATION

DES VENTES

DE LA BIBLIOTHÈQUE A. FIRMIN-DIDOT

1878 à 1884.

Prix de chaque table, sur papier ordinaire . . . . 2 fr. 50
Dans le format in-4, grand papier . . . . 4 fr.

EN VENTE :

CATALOGUES ILLUSTRÉS

DES

VENTES DE LA BIBLIOTHÈQUE A. FIRMIN-DIDOT

Tome I (1878)	30 fr.	Tome IV (1882)	40 fr.
Tome II (1879)	40 fr.	Tome V (1883)	40 fr.
Tome III (1881)	30 fr.	Tome VI (1884)	40 fr.

SOUS PRESSE :

TABLE ALPHABÉTIQUE

DES

NOMS D'AUTEURS ET DES OUVRAGES ANONYMES

SUIVIE

DE LA LISTE DES PRIX D'ADJUDICATION

DU

Catalogue de la Bibliothèque de feu M. GUSTAVE CHARTENER

De Metz

Prix. 3 fr. 50

LA BIBLIOPHILIE

ANCIENNE ET MODERNE, FRANÇAISE ET ÉTRANGÈRE

PUBLICATION MENSUELLE PARAISSANT LE 10 DE CHAQUE MOIS

Par livraison de 32 pages grand in-8

CONTENANT

Nouvelles diverses. — Nécrologie. — Annonces. — Catalogue de livres à prix marqués. Desiderata, etc., etc.

ABONNEMENT : 3 FRANCS PAR AN

Paris. — Typographie Georges Chamerot, 19, rue des Saints-Pères. — 18432.

ORDRE DES VACATIONS

Première Vacation. — *Jeudi* 17 *décembre* 1885.

Numéros . . . . 1 à 235

Deuxième Vacation. — *Vendredi* 18 *décembre* 1885.

Numéros . . . . 236 à 472

Troisième Vacation. — *Samedi* 19 *décembre* 1885.

Numéros . . . . 473 à 671

Quatrième Vacation. — *Lundi* 21 *décembre* 1885.

Numéros . . . . 672 à 872

Il sera vendu à la fin de chaque vacation un ou plusieurs lots de livres non catalogués.

CONDITIONS DE LA VENTE

La vente se fait expressément au comptant.

Les acquéreurs payeront 5 p. 100 en sus des enchères, applicables aux frais.

Il y aura exposition, chaque jour de vente, de 2 à 4 heures.

Les livres devront être collationnés dans les vingt-quatre heures de l'adjudication. Passé ce délai, ou une fois sortis de la salle de vente, ils ne seront repris pour aucune cause.

M. Ém. PAUL, chargé de la vente, remplira les commissions des personnes qui ne pourraient y assister.

CATALOGUE
DE LIVRES
ANCIENS ET MODERNES
EN TOUS GENRES

THÉOLOGIE

1. Biblia sacra, vulgata editionis, Sixti V, pont. max. authoritate recognita, nunc vero jussu cleri gallicani denuo edita. *Parisiis, excudebat Ant. Vitré*, 1652, 8 vol. in-12, mar. r. tr. dor.

   Rel. anc. très fatiguée. Le tome II manque.

2. Le Second Volume de ‖ la Bible en frãçoys. ‖ (*A la fin :*) *A lhonneur et louenge de dieu nostre créateur a esté imprimée ceste Bible en frãcois hystoriée pour Pierre Bailly demourant à Lyon lan de grace mille CCCCCXXXVI* (1536), in-fol. de 8 ff. prélim. non chiffrés, et 173 ff. chiffrés, texte à 2 col. car. goth. lettres ornées, fig. sur bois, bas. ant.

3. La Sainte Bible contenant l'Ancien et le Nouveau Testament, traduite en françois sur la Vulgate par Le Maistre de Saci. Nouvelle édition, ornée de 300 figures, gravées d'après les dessins de M. Marillier. *A Paris, chez Defer de Maisonneuve, de l'impr. de Monsieur*, 1789, 2 vol. in-8 (tomes I et II), fig. demi-rel. bas. non rog.

4. La Bible, traduction de la Vulgate, par Le Maistre de Sacy. *Paris*, 1837, 3 vol. in-8, texte à 2 col. fig. demi-rel. bas. verte, tr. dor.

5. F. Luysii Legionensis in Cantica Canticorum Solomonis explanatio. *Salmanticæ, excudebat Lucas a Junta*, 1580, in-4, v. f. ant.

   On a relié à la suite de l'ouvrage l'opuscule suivant du même auteur : F. Luysii Legionensis in Psalmum vigesimum explanatio. *Salmanticæ*, 1580.
   Exemplaire au chiffre et aux troisièmes armes de DE THOU.

6. Le Nouveau Testament de Nostre Seigneur Jesus-Christ, traduit en françois, selon l'édition vulgate, avec les différences du grec. *A Mons, chez Gaspard Migeot*, 1667, 2 vol. pet. in-8, mar. r. dos orné, fil. tr. dor. (*Rel. anc.*)

   Célèbre traduction du Nouveau Testament, dite de Port-Royal.
   Deuxième édition sous cette date.

7. Les Saints Évangiles traduits de la Vulgate par M. l'abbé Dassance, illustrés par MM. Tonny Johannot, Cavelier, Gérard-Seguin et Breviaire. *Paris, L. Curmer*, 1836, 2 vol. in-8, fig. chag. noir, fil. tr. dor.

8. Les Saints Évangiles. Traduction de Bossuet, mise en ordre par H. Wallon. *Paris, Firmin-Didot fr.*, 1855, in-8, demi-rel. chag. noir.

9. Cl. Salmasii epistola ad Andream Colvium : super cap. XI primæ ad Corinth. Epist. de cæsarie virorum et mulierum coma. *Lugd. Batavor. ex officina Elzeviriorum*, 1644, pet. in-8, v. f. comp. à froid, fil. noir et or, tr. dor. (*Thouvenin.*)

Cet écrit se rattache à une polémique bizarre — la liberté des coiffures, — qui passionna et tint divisés durant des années les plus fameux docteurs de l'église évangélique hollandaise.

10. Antilogies, ou Contradictions apparentes du Nouveau Testament, avec les passages difficiles, par M. Abgral, supérieur du séminaire de Toul. in-4, veau ant.

Manuscrit du xviiie siècle (vers 1760) . Cette concordance des Evangiles et l'explication de 68 passages difficiles du Nouveau Testament sont inédites.

11. La Vie de N.-S. Jésus-Christ, écrite par les quatre évangélistes, rédigée et présentée aux gens du monde, comme aux âmes pieuses, par M. l'abbé Brispot. *Paris, Pilon*, 1853, 2 vol. in-fol. texte à 2 col. fig. sur chine, chag. vert, fil. tr. dor. chiffre sur les plats.

12. Vie de Jésus, par Ern. Renan. *Paris, Mich. Lévy fr.*, 1863, in-8, demi-rel. mar. viol. jans. avec coins, tête dor. non rogné, couverture impr. (*Allô.*)

Bel exemplaire de la première édition, auquel on a ajouté un portrait de l'auteur gravé par Guillaumot.

13. Discours sur les miracles de Jésus-Christ. Traduits de l'anglois de Woolston. *S. l., dix-huitième siècle*, pet. in-8 carré, demi-rel. mar. gren. avec coins, tête dor. ébarbé. (*Allô.*)

14. Histoire sacrée de l'Ancien et du Nouveau Testament, représentée par figures, avec des explications tirées des SS. Pères, par A. J. D. Bassinet. *Paris, Desray, an XII*, 1804-1806, 8 vol. in-8, fig. gravées, portraits, v. granit, fil.

Les cartes géographiques manquent.

15. (Johannes Hugo de Sletstatt). Quadruviū ecclesie || quatuor preclarorū officium || quibus omnis anima subjicitur. (*A la fin :*) *Exaratū est opus in Helveciorū urbe Argētina p. Joan. Gruniger anno salutis millesimo quingentesimo quarto* (1504), in-4, 60 ff. chiffrés, fig. sur bois, car. goth. mar. vert, fil. tr. dor.

Livre recherché à cause des gravures.
Piqûres de vers, notes manuscrites marginales.

16. Cura clericalis... *Impressum Tretis per Johannem Lecoq in vico dive Marie Comorañ* (de 1520 à 1525), in-16, car. goth. dérelié.

17. Sacellū. Regium hoc est de capellis et capellanis regum liber singularis cum notis perpetuis pro capella aulæ hispanæ Vincentii Turtureti. *Madtriti, apud Fr. Martinez*, 1630, in-4, titre gravé, v. f. ant.

18. Articuli fidei... *Imprimé à Troyes par Jehan Lecoq demourant devant nostre Dame* (de 1520 à 1525), in-12, de 12 pp. car. goth. non relié.

19. Mystères de la création. Traduit de l'hébreu par Alexandre Weill. *Paris, Dentu*, 1855, in-12, de 104 pp. cart.

20. Le Chancre ou Couvresein féminin, ensemble le voile ou couvre-chef féminin, par Jean Polman. Réimprimé textuellement sur l'ancienne édition. *Douay*, 1635, et augmenté d'une notice bibliographique par Philomneste junior (Gust. Brunet). *Genève, J. Gay*, 1868, in-12, papier de Hollande, br.

21. Sermons du Père Bourdaloue (publiés par le P. Fr. Bretonneau). *Paris, Rigaud*, 1707-1734, 16 vol. in-8, v. f. ant. (*Rel. uniforme.*)

22. Le Miroir qui ne flatte point, dédié à leurs majestez de la Grande Bretaigne (Charles Ier et Marie), par le sieur de La Serre. *Bruxelles, Godefroy*

Schævaerts, 1632, in-4, fig. bas. r. dent. sur les plats, tr. dor. (*Rel. anc. fatiguée.*)

Mouillures.

23. Ludovici Fidelis Nervii de militia spirituali libri quatuor. Opus nunc primum editum. *Parisiis, apud Joan. et Olivier. Mallardum*, 1540, in-8, bas. ant.

Mouillures et taches.

24. Nicolas (Aug.) Etudes philosophiques sur le christianisme. *Paris, Aug. Vaton*, 1865, 4 vol. — L'Art de croire, ou Préparation philosophique à la foi chrétienne. *Paris, Ambr. Bray*, 1867, 2 vol. — Du protestantisme et de toutes les hérésies dans leur rapport avec le socialisme. *Paris, Vaton, s. d.* 2 vol. — Ens. 8 vol. in-8, 6 en demi-rel. chag. viol. les 2 derniers br.

25. Le Christianisme et les temps présents, par l'abbé Em. Bougaud. *Paris, Poussielgue fr.*, 1874-1882, 4 vol. in-8, demi-rel. mar. br. avec coins, tête dor.

26. Lidolatrie huguenote figurée au patron de la vieille payenne divisée en huit livres et dédiée au Roy tres chrestien de France et de Navarre, Henri IV, par Louys Richeome provençal de la compagnie de Jesus. *A Lyon, chez Pierre Rigaud*, 1608, fort vol. in-8, titre gravé, vél.

Mouillures.

27. Johan. Volkelii de vera religione libri quinque : quibus præfixus est Johan. Crellii Franci liber de Deo et ejus attributis. *Racoviæ, typis Seb. Sternacii*, 1630, in-4, mar. bleu, fil. tr. dor. (*Rel. anc.*)

28. Taxes des parties casuelles de la boutique du Pape, avec notes et accessoires, par Julien de Saint-Acheul. *Paris, G. Ducasse*, 1833, in-32, demi-rel. mar. brun avec coins, tête dor. non rog. (*Allô.*)

29. Les Princesses malabares ou le Célibat philosophique, ouvrage intéressant et curieux, avec des notes historiques et critiques (par Louis Pierre de Longues). *A Andrinople, chez Thomas Franco*, 1734, in-12, br.

30. Tela ignea Satanæ, hoc est, arcani et horribiles Judæorum adversus Christum deum, et christianam religionem libri ἀνέκδοτοι. Joh. Christoph. Wagenseilius in lucem protrusit. Additæ sunt latinæ interpretationes, et duplex confutatio. *Altdorfi Noricorum*, 1681, 2 vol. in-4, portrait, mar. bleu, fil. tr. dor. (*Rel. anc.*)

Quelques taches de rouille.

31. Dictionnaire des athées anciens et modernes, par Sylvain Maréchal, Deuxième édition augmentée des suppléments de J. Lalande, etc. *Bruxelles*, 1833, in-8, cart.

32. La Fable de Christ dévoilée, ou Lettre du muphti de Constantinople à Jean Ange Braschy, muphti de Rome (Pie VII, pape) (attribuée à Sylvain Maréchal). *Paris, se trouve à l'impr. de Franklin, l'an II de la République*, in-8, demi-rel. mar. brun avec coins, tête dor., ébarbé. (*Allô.*)

Portraits de Sylvain Maréchal. de Pie VII et figures ajoutés.

33. Examen des prophéties qui servent de fondement à la religion chrétienne, avec un essai de critique sur les prophètes et les prophéties en général, ouvrages traduits de l'anglais (de Collins, par le baron d'Holbach). *Londres*, 1768, pet. in-8, demi-rel. mar. gren. jans. avec coins, tête dor. non rogné. (*Allô.*)

JURISPRUDENCE

34. De l'Esprit des lois (par Montesquieu). *A Genève, chez Barillot et fils, s. d.*, 1748, 2 vol. in-4, cart. non rogné.

Édition sans l'errata parue sous la même date que l'édition originale.
4 ff. non chiffr. XXIV et 522 pp. pour le tome 1er. — 2 ff. non chiffr. pour le titre, XVI et 564 pp. pour le tome II.

35. Institutiones D. Justiniani. Accesserunt ex digestis tituli de verb. signif. et reg. juris. *Amstelodami, apud Danielem Elzevirium*, 1676, in-24, front. mar. noir jans. doublé de mar. r. dent. int. tr. dor. (*Rel. anc.*)

Jolie édition tirée en noir et en rouge.
Exemplaire réglé, hauteur : 116 mill.

36. Hugonis Donelli commentariorum de jure civili libri viginti octo. Scip. Gentilis posteriores libros supplevit, expolivit. *Hanoviæ, typis Wechelianis*, 1590-96, 5 vol. in fol. portrait, mar. vert, fil. tr. dor. (*Rel. anc.*)

Hugues Doneau a été un savant jurisconsulte, contemporain et antagoniste de Cujas.
Exemplaire aux armes de Louis-Charles de Valois, comte d'Auvergne et duc d'Angoulême.

37. Ordonnances des rois de France de la troisième race. *Paris, Impr. royale*, 1840-49, 3 vol. in-fol. br.

Tome XX et XXI et 1 vol. de table.

38. Remarques sur les coutumes du comté de Bourgogne, tirées de l'original de M. Boivin, président au parlement de Dôle, le 1er nov. 1715. *S. l. n. d.*, gr. in-4, v. gran.

Manuscrit composé de 172 feuillets.

39. Jacobi Menochii de arbitrariis judicum quæstionibus et causis libri duo. *Coloniæ-Agrippinæ*, 1607, in-fol. texte à 2 col. mar. vert, fil. tr. dor. (*Rel. anc.*)

Exemplaire aux armes et au chiffre de Louis-Charles de Valois, comte d'Auvergne et duc d'Angoulême.

40. Traicté du déguerpissement et délaissement par hypothèque avec le traicté des rentes, par Ch. Loyseau. *Genève, par Ph. Albert*, 1621, gr. in-8, mar. r. fil. (*Rel. anc.*)

Aux armes de Turpin de Crissé.

41. Le Droit du Seigneur et la rosière de Salency, par Léon de Labessade. *Paris, Éd. Rouveyre*, 1878, pet. in-8, papier vergé, br.

42. La Législation de l'instruction primaire en France, depuis 1789 jusqu'à nos jours. Recueil des lois, décrets, ordonnances, arrêtés, règlements, décisions, avis, projets de lois, suivi d'une table analytique et précédé d'une introduction historique par M. Gréard. *Paris, De Mourgues fr.*, 1874, 3 vol. in-8, br.

43. La Loi de l'enseignement primaire. Recueil de documents parlementaires relatifs à la discussion de cette loi à la Chambre des députés. *Paris, Delagrave*, 1884, 1 vol. — Société pour l'étude d'enseignement secondaire, années 1880 et 1881. — Ens. *Paris, Belin*, 2 vol. (tomes I et II). — 3 vol. in-8, br.

44. Institutions municipales et provinciales comparées, par H. de Ferron, *Paris, Fél. Alcan*, 1884, in-8, br.

45. Les Codes annotés : Code forestier suivi des lois qui s'y rattachent et notamment des lois sur la pêche et sur la chasse, annoté et expliqué par MM. E. Dalloz, Charles Vergé, etc. *Paris, Jurisprudence générale*, 1884, in-4, texte à 3 col. br.

46. Code de commerce allemand et loi allemande sur le change, traduits et annotés par P. Gide, Ch. Lyon-Caen, J. Flach, J. Dietz. *Paris, Impr. nationale*, 1881, 1 vol. — Avant-projet de loi sur les Sociétés commerciales rédigé à la demande du gouvernement du grand-duché de Luxembourg, par Alb. Nyssens. *Gand, Engelcke*, 1884, 1 vol. — Ens. 2 vol. in-8 br.

47. Projets de codes de procédure criminelle et civile pour l'empire du Japon, accompagnés d'un commentaire par M. Gustave Boissonade. *Tokio*, 1882-83, 3 vol. in-8, br.

Code criminel, 1 vol. — Code civil, 2 vol.

48. GREGORII IX Nova compilatio decretalium cum commentario (B. Bottoni). *S. a. s. l.* gr. in-fol. demi rel. cuir de Russie.

MANUSCRIT SUR VÉLIN DU XIVe SIÈCLE composé de 230 ff. et ornementé de 330 lettres initiales or et couleur, dont 70 représentent des figures humaines.

49. Prosperi Farinacii Consilia sive responsa atque decisiones causarum criminalium summariis et argumentis unicuique consilio et decisioni adjectis, ac indice rerum et sententiarum locupletissimo. *Lugduni, sumptibus Horatii Cardon*, 1607, in-fol. texte à 2 col. mar. vert, fil. tr. dor. (*Rel. anc.*)

Exemplaire aux armes et au chiffre de LOUIS-CHARLES DE VALOIS, comte d'Auvergne et duc d'Angoulême.

50. Petri de Marca dissertationum de Concordia sacerdotii et imperii seu de libertatibus ecclesiæ gallicanæ libri octo. Editio tertia et auctior. *Parisiis, apud viduam Fr. Muguet*, 1704, in-fol. texte à 2 col. portrait, mar. r. fil. tr. dor. (*Rel. anc.*).

Édition donnée par Et. Baluze et la plus complète. Exemplaire grand de marges.

SCIENCES ET ARTS

51. Pensées philosophiques. *A La Haye, aux dépens de la Compagnie*, 1746, in-12, front. mar. r. fil. tr. dor. (*Rel. anc. fatiguée.*)

ÉDITION ORIGINALE du premier ouvrage de Denys Diderot: cet ouvrage fut composé en quatre jours, Diderot en reçut 600 francs de son libraire: il donna cette somme à une femme qu'il désirait obliger.

52. Opere filosofiche del conte Pietro Verri. Edizione novissima, riveduta e accresciuta. *Parigi, presso Gio. Cl. Molini*, 1784, in-8, mar. bleu, fil. tr. dor. (*Rel. anc.*).

Exemplaire en GRAND PAPIER. Reliure de Derome.

53. Considérations générales sur les sciences et les arts, par Alex. Lenoir. In-4, demi-rel. bas.

MANUSCRIT AUTOGRAPHE avec une partie imprimée.
Les *Considérations sur les beaux-arts* furent imprimées en 1816. Ce recueil en renferme un exemplaire chargé sur les marges d'amples additions qui devaient servir pour une nouvelle édition qui n'a point paru. La partie manuscrite fort étendue, contient une *préface* pour *la vraie science des artistes*; un traité des *Passions de l'âme dans les arts*, de *l'Originalité et du génie dans les arts*, etc.

54. Le Rire, essai littéraire, moral et psychologique, par Louis Philbert. *Paris, Germer Baillière*, 1883, in-8, br.

55. L'Arte de cenni con la quale formandosi favella visibile, si tratta della muta eloquenza, di Giov. Bonifaccio. *In Vicenza, appresso Fr. Grossi*, 1616, in-4, mar. bleu, fil. tr. dor. (*Rel. anc.*)

Ouvrage curieux.

56. Les Essais de Michel, seigneur de Montaigne, édition nouvelle trouvée après le deceds de l'autheur, reveue et augmentée par luy d'un tiers plus

qu'aux précédentes impressions. *A Paris, chez Abel L'Angelier*, CIↃ.IↃXCV (1595), in-fol. bas.

Première édition donnée par Mlle de Gournay, fille adoptive de Montaigne. Exemplaire incomplet du cahier G.

57. Les Caractères de Théophraste et de La Bruyère, avec des notes par M. Coste. *Paris, Hochereau*, 1765, in-4, portrait, v. ant. marb. fil. tr. marb.

58. Éléments de la morale universelle, ou Catéchisme de la nature, par feu M. le baron d'Holbach. *A Paris, chez G. de Bure*, 1790, in-16, demi-rel. mar. r. jans. avec coins, tête dor. (*David.*)

Ouvrage refondu et mis au jour, par Naigeon.

59. Les Préjugés du public sur l'honneur, avec des observations critiques, morales et historiques, par M. Denesle. *Paris, de Hansy*, 1766, 3 vol. in-12, mar. r. à longs grains, dos orné, fil. tr. dor. (*Rel. anc.*)

60. Mme Jules Samson. Une éducation dans la famille, conseils pratiques d'une mère. 1 vol. — De l'éducation à l'école primaire, professionnelle, supérieure et normale, par A. Vessiot, 1 vol. — Prince J. Lubomirski, Une religion nouvelle, 1 vol. — *Paris*, 1885. Ens. 3 vol. in-12 br.

61. Considérations politiques sur les coups d'Estat, par Gabr. Naudé, Parisien. *Sur la copie de Rome* (*Hollande, à la Sphère*), 1667, pet. in-12, v. f. fil. dos orné, tr. dor. (*Lefebvre.*)

Reproduction textuelle de l'édition originale. Exemplaire réglé, piqûres de vers dans la reliure.
Hauteur : 138 mill.

62. Le Socialisme rationnel et le socialisme autoritaire, par J. Gay. *Genève, chez J. Gay et fils*, 1868, pet. in-8, papier de Hollande, br.

63. Précis théorique et pratique des substances alimentaires et des moyens de les améliorer, de les conserver et d'en reconnaître les altérations, par A. Payen. *Paris, Hachette*, 1865, 1 vol. — L'Impôt sur le pain, la réaction protectionniste et les résultats des traités de commerce, par M. E. Fournier de Flaix. *Paris, Guillaumin*, 1885, 1 vol. — Ens. 2 vol. in-8, br.

64. Le Libre-échange absolu à l'intérieur et à la frontière, par Alcide Amelin, 1 vol. — L'Impôt sur le pain, la réaction protectionniste et les résultats des traités de commerce, par M. E. Fournier de Flaix. 1 vol. *Paris, Guillaumin*, 1884-85. — Ens. 2 vol. in-8, br.

65. Traité de la science des finances, par Paul Leroy-Beaulieu. *Paris, Guillaumin*, 1877, 2 vol. in-8, cart.

66. Le Moniteur Scientifique, journal des sciences pures et appliquées, spécialement consacré aux chimistes et aux manufacturiers, par le Dr Quesneville, *Paris, chez M. Quesneville*, 1863-1874, 12 vol. gr. in-8, demi-rel. bas. viol.

V-XVIe années.

67. Le Jardin des Plantes, description complète, historique et pittoresque du Muséum d'histoire naturelle, de la ménagerie, des serres, des galeries de minéralogie et d'anatomie et de la vallée suisse, par MM. P. Bernard, L. Couailhac, Gervais et Emm. Lemaout. *Paris, L. Curmer*, 1842, 2 vol. gr. in-8, fig. noires et en couleur, portraits, demi-rel. chag. gren. tr. dor.

68. Muséum d'histoire naturelle. Serres chaudes, galeries de minéralogie, etc., par Ch. Rohault fils, architecte du muséum. *Paris, chez l'auteur, impr. de Firmin-Didot frères*, 1837, in-fol. de 14 pl. gravées au trait cart.

69. Les Montagnes, par Albert Dupaigne, sept cartes en couleur hors texte, dessinées par Dumas-Vorzet et gravées par Erhard, illustrations dans le texte par Riou, Bayard, Weil, etc. *Tours, Alfr. Mame fils*, 1881, gr. in-8, fig. br.

70. Traité de Minéralogie, par A. Dufrénoy. *Paris, Carilian-Gœury*, 1844-1847, 3 vol. in-8, et 1 vol. d'atlas, demi-rel. chag. viol.

Fortes mouillures au tome IIIe.

71. Les Pierres, esquisses minéralogiques, par L. Simonin. Ouvrage illustré de 91 gravures sur bois par Eug. Cicéri, E. Petot. A. Mesnel et E. Tournois, de 6 planches imprimées en chromolithographie et de 15 cartes tirées en couleur. *Paris, Hachette*, 1869, gr. in-8, fig. br.

72. British animals extinct within historic times, with some account of british wild white cattle by J. Edm. Harting, with illustrations by J. Wolf, C. Whymper, *London, Trubner*, 1880, in-8, fig. cart. perc.

73. The Ichnology of Annandale or illustrations of footmarks impressed on the new red sandstone of Cornrockle Muir, by sir William Jardine. *Lithographed and printed for the author by W. H. Lizars*, 1853, in-fol. texte et 13 pl. en feuilles dans un carton.

74. Oswald de Kerchove de Denterghem. Les Palmiers, histoire iconographique avec index général des noms et synonymes des espèces connues. Ouvrage orné de 228 vignettes et de 40 chromolithographies dessinées d'après nature par P. de Pannemaker. *Paris, J. Rothschild*, 1878, gr. in-8, fig. dans le texte, pl. en couleur, demi-rel. chag. r. plats toile, tr. dor.

75. A Manual Flora of Madeira and the adjacent Islands, of Porto Santo and the desertes by Richard Thomas Lowe. *London, J. van Voorst*, 1868, in-12, cart.

Vol. I. Dichlamydeæ.

76. Nomenclator zoologicus continens nomina systematica generum animalium tam viventium quam fossilium, auctore L. Agassiz. *Soloduri*, 1842-46, fort vol. in-4, cart.—Nomenclatoris zoologici index universalis. *Soloduri*, 1848, fort vol. pet. in-8, br. — Ens. 2 vol.

77. Anatomical and zoological Researches comprising an account of the zoological results of the two expeditions to Western Yunnam in 1868 and 1875; and a monograph of the two cetacean genera, platanistra and orcella by John Anderson. *London, Bern. Quaritch*, 1878, 2 vol. in-4, 1 de texte et 1 de planches noires et coloriées, cart. non rognés.

78. Iconographie ornithologique. Nouveau recueil général de planches peintes d'oiseaux pour servir de suite et de complément aux planches enluminées de Buffon, publié par O. Desmurs. *Paris, Fr. Klincksieck*, 1849, in-4, en 12 fascicules, br. pl. color.

79. Théophile Gautier. La Nature chez elle, dessins originaux de K. Bodmer reproduit en fac-similé. *Paris, G. Charpentier*, 1882, in-4, papier vélin teinté, figures dans le texte, cart. tête dor.

80. Histoire naturelle des poissons d'eau douce de l'Europe centrale — salmonés — par L. Agassiz. *Neuchâtel* (1839), 3 livraisons in-fol. oblong de pl. gravées, noires et en couleurs.

1re livraison : Saumons, 25 pl. (il en faudrait 27).
2e livraison : Anatomie des Saumons, 11 pl.
3e livraison : Embryologie des Saumons, 14 pl.

81. A History of the fishes of Madeira, by Richard Thomas Lowe, with original figures from nature of all the species by Norton and M. Young. *London, Bern. Quaritch*, 1843-60, in-8, fig. cart.

82. Les Insectes. Organisation, mœurs, chasse, collection, classification. Histoire naturelle iconographique. *Paris, J. Rotshchild*, 1878, in-4, fig. dans le texte, planches en couleur, demi-rel. chag. r. plats toile, tr. dor.

83. L'Agriculture et maison rustique de M. Charles Estienne, docteur en médecine, parachevée premièrement, puis augmentée par M. J. Liebault...

plus un bref recueil des chasses du cerf, du sanglier, du lièvre, du regnard, du bléreau, du connin, du loup et de la fauconnerie. *Paris, Jacques du Puys*, 1572, in-4, parchemin.

Le titre et les premiers ff. sont rongés. Le premier et le dernier feuillet du dernier cahier manquent.

84. Ouvrages relatifs à l'agriculture, 13 vol. in-8 et in-12, br.

Journal d'agriculture pratique, années 1870 à 1873, en livraisons. — Agriculture méridionale : le Gard et l'Ardèche par L. Destremx de Saint-Christol. — Conseils aux nouveaux éducateurs de vers à soie par F. de Boullenois, 1851. — Gressent. L'Arboriculture fruitière, 1869. — Le Porc par G. Heuzé. — La Vigne par E.-A. Carrière. — Félix Villeroy. Manuel de l'éleveur de bêtes à laine. — J. Guyot. Culture de la vigne.

85. Epistolarum medicinalium Conradi Gesneri libri III. His accesserunt ejusdem aconiti primi Dioscoridis asseveratio et de oxymelitis elleborati utriusqz descriptione et usu libellus. Omnia nunc primum per Caspar. Wolphium in lucem data. *Tiguri, Frosch*, 1577, in-8, mar. citr. fil. (*Rel. anc.*)

Exemplaire aux premières armes de DE THOU.
Raccommodage au titre.

86. Dictionnaire de médecine, de chirurgie, de pharmacie, de l'art vétérinaire et des sciences qui s'y rapportent, par M. E. Littré et Ch. Robin, illustrée de 532 figures intercalées dans le texte. *Paris, J.-B. Baillière*, 1878, gr. in-8, texte à 2 col. fig. demi-rel. chag. r. plats toile, tr. peigne.

87. Anatomie microscopique, par Louis Mandl. *Paris, J.-B. Baillière*, 1838-1857, 2 vol. in-fol. 92 pl. cart.

Tome Ier, Histologie. — Tome II, Histogénèse.
Ouvrage fort bien exécuté.

88. The Pathological Anatomy of the human body, by Julius Vogel, translated from the german with additions by George E. Day. *Londo H. Baillière*, 1847, in-8, planches gravées, cart.

89. Myologie complète en couleur et grandeur naturelle composée de l'Essai et de la Suite de l'Essai d'anatomie (par M. Duverney), en tableaux imprimés (par le sieur Gautier). *Paris, Gautier*, 1746, 2 parties en 1 vol. in-fol. 17 pl. coloriées, bas. ant.

Mouillures, piqûres de vers, déchirure au texte explicatif de la 2e pl. de la 2e partie.

90. Tableau de l'amour considéré dans l'estat du mariage, divisé en quatre parties (Nic. Venette). *Amsterdam, chez J. et G. Jansson a Waesberge*, 1687 (*à la Sphère*), in-12, v. f. fil. dent. int. tr. dor.

91. Lavater. La Physiognomie, ou l'Art de connaître les hommes d'après les traits de leur physionomie. Illustrée de 750 gravures et d'un portrait gravé sur acier. Traduction par H. Bacharach, précédée d'une notice par A. d'Albanès. *Paris, Havard*, gr. in-8, portrait, fig. demi-rel. chag. bleu.

92. La Phrénologie, le geste et la physionomie démontrés par 120 portraits, sujets et compositions gravés sur acier. Texte et dessins par H. Bruyères, peintre. *Paris, Aubert*, 1847, gr. in-8, fig. demi-rel. chag. vert, tr. dor.

93. Mélanges sur l'hygiène. *Paris*, 1840-1874, 11 vol. in-8 et in-12, fig. br.

La Médecine sans le médecin, ou Manuel de santé, par le Dr Audin-Rouvière. — Préceptes pour diminuer l'embonpoint sans altérer la santé, par F. Dancel. — Le Petit Lavater français, par Alexandre David. — D'une cause fréquente et peu connue d'épuisement prématuré, par le D[r] Em. Jozan. — Guérison radicale de l'asthme par le traitement de Mme Vve Pau — La Vie, les passions et la mort avec des conseils pour prolonger ses jours, par le Dr S. Vitrey. — De la longévité humaine et des moyens propres à y arriver, par le Dr Burgraeve. — Hygiène médicale du visage et de la peau, par A. Debay. — Histoire naturelle de l'homme et de la femme, par le même. — Dr Noirot : L'Art de vivre longtemps. — Essai sur la conservation de la vie, par M. le v[te] de Lapasse. — L'Art de conserver la vue, par Arthur Chevalier.

94. Étude de l'homme, par N. V. de Latena, 4e, édition. *Paris, Michel Lévy*, 1863, 2 vol. in-12, demi-rel. v. f. tr. marb.

Envoi de l'auteur.

95. Les Lois de la vie et l'art de prolonger ses jours, par Rambosson. *Paris, Firmin-Didot fr.*, 1872, in-8, br.

95 *bis*. L'Instrument de Molière. Traduction (par le docteur Cusco et E. Boysse) du Traité de clysteribus de Regnier de Graaf (1668). *Paris, Morgand et Fatout*, 1878, in-8, portrait d'après Edelinck, vignettes.

Tiré à petit nombre. Exemplaire sur papier de CHINE.

96. Bailly. Histoire de l'astronomie ancienne depuis son origine jusqu'à l'établissement de l'école d'Alexandrie. 1 vol. — Histoire de l'astronomie moderne depuis la fondation de l'école d'Alexandrie jusqu'à l'époque de 1730, 3 vol. *Paris, De Bure*, 1779-1782. — Ens. 4 vol. in-4, fig. v. ant. gr.

97. Le Ciel, notions d'astronomie, à l'usage des gens du monde et de la jeunesse, par Amédée Guillemin. Ouvrage illustré de 11 planches tirées en couleur et de 216 vignettes, insérées dans le texte. *Paris, Hachette*, 1864, gr. in-8, fig. noires, et en couleur, demi-rel. chag. brun.

98. Ordre chronologique, ou Concordance de l'ère des Séleucides appelée ère des Grecs avec les années de la fondation de Rome, avec les olympiades et avec les années avant et après la naissance de J.-C. *S. l. n. d.*, in-fol. de 233 p. v. ant. marb.

BEAU MANUSCRIT AUTOGRAPHE ET INÉDIT DE MIONNET, savant numismate.

99. Calendrier perpétuel rendu sensible, et mis à la portée de tout le monde, ou Nouveau et vrai Calendrier perpétuel, par M. G. S. H. *A Paris, Gueffier*, 1774, in-12, mar. r. comp. dorés, tr. dor. (*Rel. anc.*)

100. La Pratica di prospettiva del cavaliere Lorenzo Sirigatti. *In Venetia, per G. F. Sanese*, 1596, in-fol. titre gravé, 65 pl. bas. ant.

Mouillures.

101. Perspectiva pictorum et architectorum Andreæ Putei et societate Jesu (italice et latine.) *Romæ, typis Joannis Jacobi Komarck Bohemi*, 1693, 2 vol. in-fol. planches gravées, parch.

102. Essai sur la construction navale des peuples extra-européens, ou Collection des navires et pirogues construits par les habitants de l'Asie et de la Malaisie, du Grand Océan et de l'Amérique, dessinés et mesurés par M. Paris pendant les voyages autour du monde de l'Astrolabe, la Favorite, et l'Artémise, publiés par ordre du Roi, sous les auspices de M. le ministre de la marine. *Paris, Arthus Bertrand, s. d.* (1841), 13 livraisons in-fol. avec texte et 133 pl.

Ouvrage complet en feuilles. Fortes cassures dans le texte aux pages 57-60 et 73-76.

103. L'Art des armées navales, ou Traité des révolutions navales, par le P. Paul Hoste. *Lyon*, 1697, 2 tomes en 1 vol. in-fol. pl. v. ant. granit, fil.

104. Album des pavillons, guidons, flammes, de toutes les puissances maritimes, avec texte, par M. A. Le Gras. *Paris, Aug. Bry*, 1858, in-4 en ff.

105. Delle Fortificationi di M. Galasso, alghisi da Carpi architetto, libri tre *S. l.*, 1570, in-fol. fig. gravées, vél. tr. dor.

106. Les Nouvelles Conquêtes de la science, par Louis Figuier. *Paris, Marpon et Flammarion, s. d.*, gr. in-8, fig. br.

Tome II. Grands tunnels et railways métropolitains. Gravures et portraits d'après les dessins de MM. Y. Férat, A. Gilbert, Broux.

107. Percement de l'isthme de Suez, description des travaux et ouvrages d'art définitifs par L. Monteil, publié sous la direction de A. Cassagnes. Planches spécimen. *Paris, s. d.*, 10 planches in-fol. dans un carton.

108. Désargentation des plombs, par M. C. Roswag, avec vignettes et 5 planches dont 1 en couleur. *Paris, Dunod*, 1884, in-8, fig. br.

109. Physiologie du goût (par Brillat-Savarin). Nouvelle édition, précédée d'une notice sur l'auteur par M. le baron Richerand, suivie d'un Traité sur les excitans modernes, par M. de Balzac. *Paris, Charpentier*, 1839, in-12, demi-rel. chag. grenat.

110. Arrianus de venatione. Luca Holstenio interprete (græce et latine). *Parisiis, sumtibus Seb. Cramoisy*, 1644, in-4, v. ant. granit.

Mouillures.

111. La Venerie royale divisée en IV parties qui contiennent les chasses du cerf, du lièvre, du chevreuil, du sanglier, du loup et du renard avec le dénombrement des forests et grands buissons de France, et le dictionnaire des chasseurs, par Robert de Salnove. *Paris, Ant. de Sommaville*, 1665, in-4, front. v. ant. granit.

Piqûres de vers.

112. Histoire anecdotique et pittoresque de la danse chez les peuples anciens et modernes, par F. Fertiault. *Paris, Aug. Aubry*, 1854, in-16, demi-rel. mar. vert avec coins, dos orné, fil. tête dor. (*Capé.*)

BEAUX-ARTS

I. TRAITÉS GÉNÉRAUX. — DESSIN. — PEINTURE

113. Études sur l'histoire de l'art, par L. Vitet. *Paris, Michel Lévy*, 1864, 4 vol. in-12, demi-rel. v. bleu, fil. tr. peigne.

114. Georges Lafenestre. Maîtres anciens, études d'histoire et d'art. *Paris, Renouard*, 1882, in-8, br.

115. Della architettura, della pittura e della statua di Leonbatista Alberti, traduzione di Cosimo Bartoli. *In Bologna*, 1782, 69 pl. gravées, demi-rel. bas.

116. L'Art du dix-huitième siècle, par Edmond et Jules de Goncourt. Deuxième édition. *Paris, Rapilly*, 1873-74, 2 vol. in-8, br.

117. Champfleury. Les Vignettes romantiques. Histoire de la littérature et de l'art, 1825-1840. 150 vignettes par Célestin Nanteuil, Tony Johannot, Devéria, Jeanron, Ed. May, Jean Gigoux, Cam. Rogier, Ach. Allier, suivi d'un catalogue complet des romans, drames, poésies, ornés de vignettes de 1825-1840. *Paris, E. Dentu*, 1883, gr. in-8, papier vélin, fig. dans le texte et hors texte, br.

Les planches hors texte sont tirées sur PAPIER DU JAPON.

118. L'Art pour tous, encyclopédie de l'art industriel et décoratif, Emile Reiber directeur-fondateur. *Paris, A. Morel*, 1861-64, 4 vol. in-fol. fig. dont 3 cart. et 1 demi-rel. chag. bleu.

Les quatre premières années.

119. Études sur les beaux-arts en France, par Ch. Clément. *Paris, Michel Lévy*, 1865, in-12, demi-rel. mar. vert, tr. peigne.

Exemplaire en PAPIER DE HOLLANDE avec un envoi de l'auteur.

120. Album alphabétique de 500 lettres ornées, par Ovide Reynard. *Paris, Fleury Chavant, s. d.*, 23 pl. in-fol. en couleur, en feuilles.

121. Recueil de chiffres à trois lettres, dessiné et gravé par J. N. Deschampt. *Paris, Jean, s. d.* 15 pl. in-4, non rel.

122. Nouvelle Collection de lettres de différents genres, à l'usage de messieurs les peintres, graveurs, etc., composés et gravés par A. Caulo. *A Paris, chez Caudrilier*, 1856, 50 planches cart.

123. The Hand-Book of mediæval alphabets and devices by Henry Shaw. *London, B. Quaritch*, 1853, gr. in-8, 36 pl. coloriées, cart. perc.

124. Recueil d'emblèmes gravés par Darigni. 6 pièces remontées non rel.

125. Recueil des costumes français, ou Collection des plus belles statues, et figures françaises... avec un texte explicatif suivi d'une notice historique et cronologique (*sic*), devant servir à l'histoire de l'art du dessin en France depuis Clovis jusqu'à Napoléon Ier, rédigé, dessiné et publié par MM. F. Beaunier et L. Rathier. *Paris, chez M. Rathier*, 1810, in-fol. 108 pl. numérotées et gravées, cart. (*Tome Ier.*)

126. Beiträge zur teutschen Kunst und Geschichtskunde durch Kunstdenkmale mit vorzuglicher Berucksichtigung des Mittelalters. Bearbeitet und herausgegeben von Franz Hubert Muller. Mit ein und vierzig theils illuminirten Abbildungen. *Leipzig*, 1837, in-4, 41 pl. noires et en couleur, cart.

Taches de rouille.

127. Étude du dessin de paysage d'après nature, par Th. du Moncel. *Paris, E. Savary, s. d.*, in-4 obl. 28 pl. lithog. demi-rel. chag. brun.

128. Entretiens sur les vies et sur les ouvrages des plus excellents peintres anciens et modernes (par Félibien). *Paris, Séb. Mabre-Cramoisy*, 1685, 4 tomes en 2 vol. in-4, v. ant. granit.

129. Œuvres complètes d'Antoine-Raphaël Mengs contenant différens traités sur la théorie de la peinture. Traduit de l'italien (par Jansen). *Paris, à l'hôtel de Thou*, 1786, 2 vol. in-4, bas. ant. granit.

130. Traité complet de la peinture, par M. Paillot de Montabert. *Paris, J. F. Delion*, 1829-1851, 9 vol. in-8, demi-rel. v. f.

Incomplet de l'atlas.

131. Essai historique et descriptif sur la peinture sur verre, ancienne et moderne et sur les vitraux les plus remarquables de quelques monumens français et étrangers; suivi de la biographie des plus célèbres peintres-verriers par E. H. Langlois. Orné de sept planches dessinées et gravées par Mlle Espérance Langlois. *Rouen, Ed. Frère*, 1832, in-8, 7 pl. fac-similé, cart.

132. Early Drawings and illuminations. An introduction to the study of illustrated manuscripts, with a dictionary of subjects in the British Museum, by Walter de Gray Birch and Henry Jenner. *London, S. Bagster*, 1879, in-8, fig. cart. perc.

133. Storia della pittura italiana esposta coi monumenti da Giovanni Rosini. Seconda edizione. *Pisa, presso Niccolo Capurro*, 1848, 7 vol. in-8, fig. au trait, cart.

134. Histoire de la peinture en Italie, depuis la renaissance des beaux-arts jusque vers la fin du XVIIIe siècle, par l'abbé Lanzi. Traduite de l'italien sur la troisième édition, par Mme Armande Dieudé. *Paris, Séguin*, 1824, 5 vol. in-8, br.

135. Frère André, artiste peintre, de l'ordre des frères prêcheurs, 1662-1753. Lettres inédites et documents, accompagnés de notes, d'un essai de catalogue des ouvrages de ce peintre et d'un portrait gravé à l'eau-forte, par E. Moyse, d'après la peinture originale du frère André. *Bordeaux, impr. G. Gounouilhou*, 1878, in-4, portrait, br.

Tiré à petit nombre.

136. Gros et ses ouvrages, ou Mémoires historiques sur la vie et les travaux de ce célèbre artiste, par J.-B. Delestre. *Paris, Jules Labitte, s. d.*, in-8, demi-rel. v. olive, tr. peigne.

137. Raphaël. Collection de frises représentant des sujets de l'histoire sainte exécutées au Vatican. 15 pl. — Recueil de frises peintes en camaïeu au-dessus des grands tableaux du Vatican : Leonis X admirandæ virtutis imagines, 15 pl. — Recueil de décorations du Vatican appelées à Rome : Scherzi di figure de relievo di stucco; Pererga atque ornamenta in Vaticanii palatii xystis. 43 pl. — Ens. 73 pl. in-4, gravées par Bartolo en 3 cahiers in-4 obl.

138. Les Loges du Vatican, gravées par David et Mlle Sibire son élève d'après cinquante-deux tableaux de Raphaël, accompagnées du texte explicatif de la Sainte Bible. *Paris, Leblanc*, 1808, 20 pl. avec texte explicatif, in-4, non rel.

139. Frescoes by Raphael on the ceiling of the stanza dell' Eliodoro in the Vatican, drawn by Niccola Consoni and engraved by Louis Gruner and Theodore Langer, with descriptions by lady Eastlake. *London*, 1876, in-fol. 6 pl. gr. dont une en chromo, cart.

140. Décorations de palais et d'églises en Italie, peintes à fresques ou exécutées en stuc dans le cours du XVe et du XVIe siècle, avec descriptions, par Louis Gruner avec un essai par M. J. J. Hittorff. Nouvelle édition, considérablement augmentée. *Londres, B. Quaritch*, 1854, in-fol. 26 pl. gravées noires et en couleur, demi-rel. mar. r. avec coins, dos orné, fil. tr. dor. (*Rel. anglaise.*)

141. Série de planches gravées d'après les peintures et les sculptures des plus fameux maîtres de l'ancienne école florentine pour servir d'éclaircissement à l'histoire de la restauration des beaux-arts en Italie, par Will. Young Ottley, *Londres*, 1826, in-fol. 53 pl. cart.

Il faut 54 planches, la planche 12e manque.

142. Les Galeries publiques de l'Europe, par Armengaud : Rome. *Paris, Ch. Lahure*, 1857, in-4, fig. demi-rel. chag. r. plats toile, tr. dor.

143. Le Cabinet des beaux-arts ou Recueil des plus belles estampes, gravées d'après les tableaux originaux, où les beaux-arts sont représentez avec l'explication de ces mêmes tableaux, par M. Perrault. *Paris, G. Edelinck*. 1695, in-4 oblong, 13 pl. gravées, non rel.

Mouillures.

144. Galerie lithographiée de Mgr le duc d'Orléans, publiée par J. Vatout et J. P. Quénot. *Paris, s. d.*, in-fol., 49 pl. sur chine, demi-rel. v. brun avec coins, fil.

Tome Ier.

145. The principal Pictures of the Boisserée gallery at Munich, comprising the best works of the old german masters, executed under the direction of Strixner, engraved in lithography and heightened by tints. *S. l. n. d.*, 1827-1832, 65 pl. dont plusieurs doubles, lithogr. et teintées, en feuilles.

146. La Danse des morts, comme elle est dépeinte dans la louable et célèbre ville de Basle, pour servir d'un miroir de la nature humaine, dessinée et gravée sur l'original de feu M. Mathieu Merian. On y a ajouté une description de la ville de Basle et des vers à chaque figure (allemand-français). *Basle, J. Rodolphe Im Hof*, 1756, in-4, titre gravé, fig. mar. noir à longs grains. (*Koehler.*)

147. English Landscape scenery, a series of forty mezzotinto engravings on steel by David Lucas, from pictures painted by John Constable. *London, Bern. Quaritch*, 1855, in-fol. 40 pl. gr. demi-rel. mar. r. avec coins.

148. Musée de la caricature en France, ou Recueil des caricatures les plus remarquables publiées en France depuis le XIVe siècle jusqu'à nos jours, etc. *Paris, Delloye*, 1838, in-4, fig. noires et en couleur, demi-rel. bas.

Un volume sur deux, incomplet du titre et de la table.

149. THE WORKS OF JAMES GILRAY from the original plates with the addition of many subjects not before collected. *London, Printed for Henry G. Bohn.* 1847, 2 vol. in-fol. max. portrait et 153 pl. contenant 589 sujets ; supplément de 23 pl. contenant 48 sujets. — Historical and descriptive account of the caricatures of James Gilray by Thomas Wright and R. H. Evans. *London, Henry G. Bohn*, 1851, in-8. — Ens. 3 vol. demi-rel. mar. grenat avec coins, dos orné, fil. tr. dor. (*Rel. anglaise.*)

II. GRAVURE

150. Des Gravures en bois dans les livres d'Anthoine Vérard, maître libraire, 1485-1512, par J. Renouvier. *Paris, Aug. Aubry*, 1859, in-8, de 50 pp. papier de Hollande, front. demi-rel. mar. olive avec coins, dos orné, fil. tête dor. ébarbé. (*Capé.*)

151. Les Chefs-d'œuvre de la gravure. *Paris, impr. Vallée*, 1863, in-4, 24 pl. gravées, demi-rel. chag. r. plats toile, tr. dor.

152. Œuvre de Nicolas de Brouin. In-fol. max. v. ant. marb.

Recueil factice des 184 sujets remontés sur 79 planches.

153. Works of the italian engravers of the fifteenth century reproduced in fac-simile by photo-intaglio, with an introduction by G. W. Reid. With letterpress descriptions of the works illustrated, and copious extracts from the text of the poems. First series. Illustrations : Il libro del monte sancto di Dio, 1477, la Divina Comedia of Dante, 1481 ; and the triumphs of Petrarch. *London, B. Quaritch*, 1884, in-fol. 25 sujets sur 19 pl. demi-rel. chag. brun.

154. THE WORKS OF WILLIAM HOGARTH from the original plates restored by James Heath ; with the addition of many subjects not before collected ; to which is prefixed a biographical essay on the genius and productions of Hogarth and explanations of the subject of the plates by John Nichols. *London, printed for Baldwin, Cradock and Joy*, 1822, in-fol. max. 116 pl. grav. dont 2 portraits, demi-rel. mar. grenat avec coins, dos orné, fil. tr. dor. (*Rel. anglaise.*)

155. Les Collections célèbres d'œuvres d'art dessinées et gravées d'après les originaux par Ed. Lièvre. Textes historiques et descriptifs par MM. F. de Saulcy, Adr. de Longpérier, A. W. Franks, etc. *Paris, Goupil*, 1866, in-fol. papier de Hollande, 50 pl. gravées à l'eau-forte, cart.

156. Publications de « THE HOLBEIN SOCIETY ». *London, Trubner*, 1870-1884, 9 vol. in-4 et in-fol. plus 2 vol. d'atlas avec pl. in-4, obl. cart. perc. non rog.

1° The Mirrour of Maiestie : or the badges of honour conceitedly emblazoned. A photo-lith. fac-simile reprint from Mr. Corser's perfect copy. A. D. 1618. Edited by H. Green and James Croston. 1 vol. fig.

2° Andreæ Alciati emblematum fontes quatuor : namely an account of the original collection made at Milan, 1522, and photo-lith. fac similes of the editions Augsburg 1531. Paris, 1534, and Venise, 1546. Edited by Henry Green. 1 vol. fig.

3° Andreæ Alcati emblematum flumen abundans, or Alciat's emblems in their full stream, being a photo-lith. fac-simile reprint of the Lyon's edition by Bonhomme 1551... Edited by Henry Green. 1 vol. portrait et fig.

4° The Ars moriendi (editio princeps circa 1450), a reproduction of the copy in the British Museum. Edited by W. Harry Rylands with an introduction by George Bullen. 1 vol. fig. et fac-similés.

5° The Fall of man by Albrecht Altdorfer. Edited by Alfred Aspland, with an introduction by W. Bell Scott. 1 vol. fig.

6° The Theatre of women designed by Jobst Ammon, edited by Alfred Aspland. 1 vol. fig.

7° The four Evangelists, arabic and latin, with woodcuts designed by Ant. Tempesta. Edited by Alfred Aspland. 1 vol. fig. et fac-similés.

8° Triumph of the emperor Maximilian I with woodcuts designed by Hans Burgmair. Edited by Alfred Aspland. 1 vol. de texte et 2 vol. d'atlas contenant 135 pl.

9° The Adventures and a portion of the story of lord Tewrdannckh... A reproduction of the edition printed at Augsburg in 1519. Edited by W. Harry Rylands, with an introduction by George Bullen. 1 vol. fig.

10° Grimaldi's funeral oration, january 19, 1550, for Andrea Alciati : in photo-lith. fac-simile, with a translation into english. Edited by H. Green. 1 vol. portrait.

157. La Danse des morts, dessinée par Hans Holbein, gravée sur pierre, par Joseph Schlotthauer, expliquée par H[te] Fortoul, *Paris, Jules Labitte, s. d.*, in-16, fig. demi-rel. v. bleu.

158. Holbein's Dance of death, a photo-lithographic fac-simile, by W. Griggs, from the Ottley collection in the British Museum. *London, W. Griggs, s. d.*, in-fol. de 15 pl. br.

159. L'Alphabet de la Mort de Hans Holbein, entouré de bordures du XVIe siècle et suivi d'anciens poèmes français sur le sujet des trois mors et des trois vis publiés d'après les manuscrits par Anatole Montaiglon. *Paris, imprimé pour Edwin Tross*, 1856, in-8, papier de Hollande, texte encadré, cart.

160. The Ars moriendi (editio princeps circa 1450). A reproduction of the copy in the British Museum. Edited by W. Harry Rylands, with an introduction by George Bullen. *London, printed for the Holbein society, by Wyman*, 1881, in-4, fig. cart. perc. non rog.

161. Triumph of the emperor Maximilian I with woodcuts designed by Hans Burgmair. Edited by Alfred Aspland. *S. l. (London), reproduced by the Holbein society*, 1875, 1 vol. in-4 de texte, et 2 atlas in-4 oblongs de pl. gravées, cart. perc.

162. La Vie de la Sainte Vierge Marie en vingt gravures sur bois par Albert Durer. Nuremberg, anno 1511, décrite en vers latins par Chelidonius. Reproduction, procédé de P. W. Van de Weijer, imprimeur-lithographe, avec une introduction de Ch. Ruelens. *Utrecht, P. W. Vande Weijer, s. d.*, in-4, fig. br.

163. Das Liden Jesus Christi mit andechtiger Klag ound tieffen Ermanungen wie das am heiligen Karfritag und sunst von den Christen Menschen betracht ound zü Hertzen gefasst soll werde fast lustlich und kurzwilig den liebhaberen Gottes. *S. l. n. d.* (1516), pet. in-4 de 20 ff. non chiffrés. car. goth. non relié.

Piqûres de vers.

164. Jeux de l'Enfance, gravé par Claudia Stella. *S. l. n. d.*, titre et 24 planches remontées, non relié.

165. (Figures de la Bible.) Taferelen der voornaamste Geschiedenissen van het Oude en Nieuwe Testament en andere boeken, bij de Heilige Schrift gevoet door de vermaadste kuntschilders getekent, en van de beste meesters in koper gesneden en met beschrijvinjen Uitgebreid. *Te Amsteldam, Bernard Picart*, 1718, in-fol. papier de Hollande, figures, v. ant. marb. comp. dor. sur les plats, tr. dor. (*Reliure hollandaise.*)

166. La Sainte Bible. 98 estampes de V. Borcht, in-4 obl. v. ant. marb. fil.

Piqûres de vers et raccommodages.

167. La Sainte Bible. Cinquante figures in-8 de la suite de Devéria, 1828, 1830.

Épreuves *avant la lettre* sur blanc moins 2 épreuves tirées avec caches.

La suite complète est de 61 planches; 21 de ces figures sont en double *avant la lettre, sur chine*. Ens. 74 pièces.

168. Les Figures de la Vie de Jésus, par J. Jouvenet, 1726. Gravé par Pierre Gobille. *Paris, Mondhare, s. d.*, 25 pl. in-fol. non reliées.

169. Flaxman. Sujets de l'Odissée d'Homère, 28 pl. — Compositions d'après les tragédies d'Eschile, 31 pl. *Paris*, 1803. — Ens. 2 vol. in-4 obl. contenant 59 pl. gravées au trait, cart.

170. Giovanni Flaxman. Iliade et Odissea d'Omero. 39 et 30 planches. — Le Tragédie d'Eschilo, 30 planches. — Le Giornale e la theogonia di Esiodo ascreo. 37 planches. *Firenze, Presso Alessandro Bernadini calcograf.* — Ens. 4 ouvr. en un vol. in-4 obl. fig. non relié.

171. Flaxman. L'Œuvre des Jours et la Théogonie d'Hésiode, composés et dessinés par John Flaxman et gravés par Mme Soyer, 37 pl. — Sujets de l'Iliade d'Homère, titre gravé et 34 pl. — Sujets de l'Odissée d'Homère, titre gravé et 28 pl. — Compositions d'après les tragédies d'Eschile, 31 pl. *Paris. Delpech*, 1821. — Ens. 2 titres et 130 pl. gravés en 1 vol. in-fol. obl. cart.

172. Componimenti di Giovanni Flaxman tratti dalle tragedie di Eschilo. Opera publicata dall'incisore Beniamino del Vecchio, S. *l. n. d.*, 31 pl. in-fol. obl. gravées au trait, non relié.

173. Flaxman. La Divine Comédie du Dante. Paradis, 34 pl. L'Enfer, 38 pl. (moins les planches 5 et 6.) — L'Œuvre des Jours et la Théogonie d'Hésiode. *Paris*, 1821, 37 pl. — Compositions d'après les tragédies d'Eschille, 31 pl. — Sujets de l'Iliade d'Homère, 34 pl. — Sujets de l'Odissée d'Homère, 28 pl. — Ens. 6 recueils en 3 vol. in-4 obl. demi-rel.

174. Rousseau (J.-J.). Suite de 42 fig. in-8 (dont 2 portraits) par Devéria, pour l'édition Dalibon.

Épreuves sur CHINE AVANT LA LETTRE, tirées in-fol.

175. Muséum parisien, histoire physiologique, pittoresque, philosophique et grotesque de toutes les bêtes curieuses de Paris et de la banlieue, pour faire suite à toutes les éditions des œuvres de M. de Buffon. Texte par M. Louis Huart. 350 vignettes par MM. Grandville, Gavarni, Daumier, Traviès, Lécurieux et H. Monnier. *Paris, Beauger (typogr. Lacrampe)*, 1841. gr. in-8, fig. demi-rel. v. vert.

PREMIER TIRAGE. Taches aux pages 186 et 187.

176. Scènes de la vie privée et publique des animaux, vignettes par Grandville. Études de mœurs contemporaines publiées sous la direction de M. P.-J. Stahl avec la collaboration de MM. de Balzac, L. Baude, de La Bedollière, etc... *Paris, J. Hetzel et Paulin*, 1842, gr. in-8, fig. demi-rel. v. olive, fil.

Première partie, reliure déboitée.

177. Scènes de la vie privée et publique des animaux, vignettes par Grandville. Études de mœurs contemporaines publiées sous la direction de M. P.-J. Stahl, avec la collaboration de MM. de Balzac, L. Baude, E. de La Bédollière, etc. *Paris, J. Hetzel*, 1842, 2 vol. gr. in-8, fig. hors texte, demi-rel. bas. grenat.

178. Cent Proverbes, par Grandville. *Paris, H. Fournier*, 1845, in-8, fig. demi-rel. chag. noir.

179. Les Étoiles, dernière féerie par J.-J. G. Grandville. Texte par Méry. — Astronomie des dames par le Cte Fœlix. *Paris, G. de Gonet, s. d.*, 2 parties en 1 vol. gr. in-8, portrait et fig. hors texte et en couleur, cart. de l'éditeur, tr. dor.

180. The London Art-Union Annual. *London, published by R. A. Sprigg*, 1847, in-4, 52 planches contenant 265 sujets gravés, cart. tr. dor.

181. Engravings of Lions, Tigers, Panthers, Leopards, Dogs, etc., chiefly after the designs of sir Edwin Landseer by his brother Thomas Landseer. *London, H. G. Bohn*, 1853, in-4, 39 planches gravées, cart. perc.

182. Jules Vallès. La Rue à Londres. Édition ornée de vingt-deux eaux-fortes

et de nombreux dessins par A. Lançon. *Paris, Charpentier*, 1884, in-fol. papier vélin, fig. dans le texte, eaux-fortes sur papier de Hollande, cart. de l'éditeur.

183. Le Livre d'Or de Victor Hugo, par l'élite des artistes et des écrivains contemporains. Direction d'Em. Blémont. *Paris, libr. artistique de H. Launette, s. d.*, 40 livraisons, in-4, fig.

Exemplaire de luxe tiré sur PAPIER DE HOLLANDE, figures *avant la lettre*.

184. Ornament of textile fabrics, designed and edited by Frederick Fischbach (traduit de l'allemand). *London, Bern. Quaritch, s. d.*, in-fol. 158 planches en chromo-lithog. en feuilles dans un carton.

185. Botanique, 20 planches à l'aquarelle avec explications manuscrites. *S. l. n. d.* in-8, demi-rel. bas.

186. Gravures extraites de l'Artiste. Album in-4, contenant 99 lithographies et gravures, demi-rel. bas. r.

187. Album de gravures. Réunion d'environ 400 pièces détachées, divers sujets gravés d'après Chauveau, Perelle, Poilly, Leblond, etc., remontés et réunis en 1 vol. in-fol. demi-rel. chag. noir.

188. Les Portraits des hommes illustres françois qui sont peints dans la galerie du Palais du Cardinal de Richelieu, avec leurs principales actions, armes, devises et éloges latins, desseignez et gravez par les sieurs Heince et Bignon, ensemble les abrégez historiques de leurs vies, composez par M. de Vulson sieur de La Colombière. *A Paris, chez Edme Pepingué*, 1655, in-fol. portr. br.

Piqûres, taches et mouillures.

189. Three hundred French Portraits representing personages of the courts of Francis I, Henry II and Francis II, by Clouet, auto-lithographed from the originals at Castle Howard by lord Ronald Gower. *London and Paris*, 1875, 2 vol. in-4, 301 portraits, cart. perc. bleue.

190. Portraits divers par Saint-Aubin, Ficquet, Savart, etc.; rois et reines de France; émaux de Petitot, 58 pièces.

191. Les Reines de France, par Mlle A. Celliez, *Paris, P. C. Lehuby*, 1851, gr. in-8, portr. teintés, cart. de l'éditeur, tr. dor.

192. The Monumental Effigies of Great Britain, from the Norman conquest to the reign of Henry the eighth, by C. A. Stothard, with historical descriptions and notes by Alfred John Kempe. *London, Chatto and Windus*, 1876, in-fol. portrait et pl. cart. perc.

193. Galerie des femmes de Shakspeare, collection de 45 portraits gravés par les premiers artistes de Londres enrichis de notices critiques et littéraires. *Paris, H. Delloye, s. d.*, in-8, portraits, demi-rel. v. rose.

194. Traité des édifices, meubles, habits, machines et ustensiles des Chinois, gravés sur les originaux, dessinés à la Chine par M. Chambers. Compris une description de leurs temples, maisons, jardins. *Paris, Le Rouge*, 1776, in-4, 20 pl. numérotées et montées sur onglet, cart.

Piqûres de vers.

195. Costumes de fantaisie pour un bal travesti, dessins inédits de A. Grévin. *Paris, Modes parisiennes, s. d.*, in-4, 24 planches coloriées, br.

196. Vues de Perelle, Jacob Focquier, etc. *Paris, Mariette, s. d.* (1880), 102 planches gravées réunies en 1 vol. pet. in-fol. obl. bas.

197. Les Beautés de la France, vues des principales villes, monuments, châteaux..., gravées par Skelton et d'Oberti, avec un texte historique et archéologique par Girault de Saint-Fargeau. *Paris, E. Blanchard*, 1853, gr. in-8, fig. demi-rel. chag. vert, plats toile, tr. dor.

198. Vues et Monuments de France. Album in-8, contenant 71 gravures ou lithographies, in-8, demi-rel. bas. viol.

199. Paris qui s'en va, 25 eaux-fortes par Léopold Flameng, texte par Alfred Delvau, Th. Gautier, Arsène Houssaye, etc. *Paris, J. Taride, s. d.*, in-fol. en feuilles dans un carton.

Il manque la planche 12 : *les Suites d'un bal au Prado*, et la planche 20 : *le Petit Journa*

200. Vues du château et parc de Versailles. 39 planches gravées, détachées et extraites de l'ouvrage de Gavard, in-fol. bas. bleue.

201. Description de la grotte de Versailles (par André Félibien). *Paris, de l'Impr. royale*, 1676, in-fol. 137 pl. gravées, v. brun, fil. tr. dor.

Par Mellan, Baudet, Le Pautre et G. Edelinck.

202. Vues pittoresques de la cathédrale de Chartres et détails remarquables de ce monument, dessinés par Chapuy, avec un texte historique et descriptif par F. T. de Jolimont. *Paris, Engelmann*, 1828, in-fol. 15 pl. lithogr. demi-rel. v. brun.

Taches de rouille.

203. Vues de Rome ancienne et moderne et de ses environs. 20 pl. contenant 40 sujets. — Raccolta di vedutine antiche e moderne della citta di Roma a sue vicinanze incise da Fr. Rinaldi. *Roma, Antonelli, s. d.*, 49 pl. — 2 cahiers in-4 et in-12 obl. contenant 69 pl. gravées, non reliés.

204. Voyage pittoresque des antiquités et curiosités qui se rencontrent de Rome à Tivoli, et à la villa d'Adrien, en 24 gravures. *Rome, Ant. Poggioli*, 1815, in-4 oblong, planches, non relié.

205. Un an à Rome et dans ses environs, recueil de dessins lithographiés représentant les costumes, les usages et les cérémonies civiles et religieuses des États romains, dessiné et publié par Thomas. *Paris, de l'impr. de Firmin-Didot*, 1830, in-fol. 72 pl. lithogr. et numérotées, non rel.

Taches d'humidité.

206. Alcune Vedute et prospettive di luochi dishabitati di Roma al gran duca di Toscana Ferdinando II, Gio. Battista Mercati. *S. l. n. d.*, 26 pl. in-4 contenant 52 sujets, non reliées.

207. Iconografia espanola, Coleccion de retratos, estatuas, mausoléos y dema s monumentos inéditos de Reyes, Reinas, grandes capitanes, escritores, etc. desde el siglo XI, hasta el XVII, copiados de los originales por D. Valentin Carderera y Solano, con texto biografico y descriptivo, en español y francès, por el mismo autor. *Madrid, imprenta de Don Ramon Campuzano*, 1855-1864, 2 vol. in-fol. planches lithogr. demi-rel. v. éc. avec coins, fil. doré en tête.

208. Vues de la Suisse. Album in-4 oblong, contenant 12 pl. à l'aquarelle. demi-rel. bas. verte.

209. Metropolitan improvements, or London in the nineteenth century, being a series of views from original drawings by Th. H. Shepherd, with historical, topographical and critical illustrations by James Elmes. *London, Jones*, 1827, in-8, front. titre et fig. gravées, cart.

210. Vues de Chine : 44 planches en photographie, montées sur onglets, in-4 obl. ais de bois, sur le recto du premier plat se trouve sculptée, en relief et en ovale une scène chinoise avec personnages.

211. L'Entrée triomphante de leurs majestez Louis XIV, roy de France et de Navarre, et Marie-Thérèse d'Austriche, son espouse, dans la ville de Paris, au retour de la signature de la paix générale et de leur heureux mariage, enrichie de plusieurs figures, des harangues et de diverses pièces. Le tout exactement recueilly par l'ordre de messieurs de ville et

imprimé l'an 1662. *Paris, P. Le Petit, s. d.*, in-fol. portraits et pl. mar. r. fil. tr. dor. (*Rel. anc. très fatiguée.*)

Exemplaire aux armes de France.

212. Fêtes à l'occasion du mariage de S. M. Napoléon, empereur des Français, roi d'Italie, avec Marie-Louise, archiduchesse d'Autriche. Recueil de gravures au trait, représentant les principales décorations d'architecture et de peinture, et les illuminations remarquables auxquelles ce mariage a donné lieu, avec une description par M. Goulet. *Paris, Soyer*, 1810, in-8, 54 pl. gravées au trait, demi-rel. bas.

Mouillures.

213. Funérailles de l'empereur Napoléon. Relation officielle de la translation de ses restes mortels depuis l'île Sainte-Hélène jusqu'à Paris et description du convoi funèbre, illustrée par des gravures sur bois, publiée par Ferdinand Langlé. *Paris, L. Curmer*, 1840, in-8 de 32 pp. fig. demi-rel. chag. viol.

Ouvrage précédé de : Napoléon et translation des cendres de l'empereur, par J. Ottavi. Extrait du Panthéon des Nations. *Paris, N. Bettoni*, 1840, in-8, portrait de Napoléon ajouté.

III. SCULPTURE — ARCHITECTURE

214. La Vie et les œuvres de Jean-Baptiste Pigalle, sculpteur, par P. Tarbé. *Paris, Vve Renouard*, 1859, in-8, br.

215. Specimens of ornamental art, selected from the best models of the classical epochs, illustrated by eighty plates by Lewis Gruner with descriptive texte by Emile Braun. *London, Thomas M. Lean*, 1850, in-fol. max. 80 planches en chromolith. et texte in-4 de 36 pp. demi-rel. mar. r. avec coins, dos orné, tr. dor. (*Rel. anglaise.*)

216. Die Bas-Reliefs an der Vorderseite des Doms zu Orvieto, mit erlauterndem Texte von Em. Braun, herausgegeben von Ludwig Gruner. *Leipzig, F. A. Brockhaus*, 1858, in-4 oblong, 80 pl. gravées d'après Vincenzo Pontani, par D. Ascani, B. Bartoccini, et L. Gruner, non relié.

Incomplet de la première planche.

---

217. Architecture ou Art de bien bastir de Marc Vitruve Pollion, mis de latin en françoys par Jean Martin. *Paris, Jean Gazeau*, 1547, in-fol. fig. sur bois, demi-rel. chag. vert avec coins.

Édition recherchée à cause des gravures sur bois, exécutées par Jean Goujon. Le titre et le dernier feuillet sont remmargés, les ff. 51 et 52 sont raccommodés.

218. L'Architecture de Vitruve, traduction nouvelle par M. Ch. L. Maufras. *Paris, C.-L.-F. Panckoucke*, 1847, 2 vol. in-8, demi-rel. chag. La Vall. tête dor. ébarbé.

219. Nouveau Parallèle des ordres d'architecture des Grecs, des Romains et des auteurs modernes, dessiné et gravé au trait par Ch. Normand. *Paris, de l'impr. de Firmin-Didot*, 1819, in-fol. front. et 63 pl. numérotées, demi-rel. bas.

Taches d'humidité.

220. Notices sur quelques artistes français, architectes, dessinateurs, graveurs du XVIe au XVIIIe siècle, par H. Destailleur. *Paris, Rapilly*, 1863, in-8, br.

221. Le Premier Tome (IX livres) de l'architecture de Philibert de l'Orme. *Paris, Fréd. Morel*, 1568, in-fol. titre et pl. gravés sur bois, v. ant.

Fortes mouillures, le feuillet 113-114 est raccommodé.

222. Livre d'architecture de Jaques Adrovet du Cerceau, contenant les plans

et dessaings de cinquante bastimens tous différens. *Paris, J. Berjon*, 1611, in-fol. pl. v. ant. granit.

Mouillures.

223. Œuvres d'architecture de A.-F. Peyre. *Paris, chez l'auteur, de l'impr. de Firmin-Didot*, 1818, in-fol. 80 pl. gravées, demi-rel. bas. brune.

224. Technologie du bâtiment, ou Étude complète des matériaux de toute espèce employés dans l'art de bâtir..., par Théod. Chateau. *Paris, B. Bance*, 1863, 2 vol. in-8, br.

225. Architecture de Palladio divisée en quatre livres, avec des notes d'Inigo Jones. Le tout revu, dessiné et nouvellement mis au jour par Jaques Leoni, traduit de l'italien (par Nic. du Bois). *La Haye, P. Gosse*, 1726, 2 vol. in-fol. front. portrait et pl. bas. ant.

Édition bien exécutée.

226. Traité des cinq ordres d'architecture d'André Palladio mis en parallèle avec ceux de Vignole, par Alexandre Sorro. *Paris, Jean, s. d.*, in-fol. 56 pl. gravées, non rel.

227. The Ecclesiastical Architecture of Italy from the time of Constantine to the fifteenth century, with an introduction and text by Henry Gally Knight. *London, Henry Bohn*, 1843, 2 vol. in-fol. planches lithogr. et en chromo demi-rel. chag. viol. foncé avec coins. (*Rel. anglaise.*)

228. Architectura curiosa nova; das ist Bau und Wasser Kunst, durch Georg. André Böcklern. *Nürnberg, P. Fürst, s. d.*, 4 parties en 1 vol. in-fol. pl. demi-rel. v. marb.

229. Verschyde Schoorsteen Mantels nieubykx geinventeert door M. Bullet. *Amsterdam, Danckerts, s. d.* pet. in-fol. de 46 pl. gravées, non reliées.

Piqûres de vers.

230. Gazette des architectes et du bâtiment, revue bi-mensuelle publiée sous la direction de M. E. Viollet-le-Duc fils et M. E. Corroyer. *Paris, A. Morel*, 1863-1871, 6 vol. in-4, texte à 2 col. fig. br.

Les six premières années. Continuation de l'*Encyclopédie d'architecture*, qui comptait une douzaine d'années d'existence.

231. La Semaine des constructeurs, journal hebdomadaire illustré des travaux publics et privés, MM. César Daly et P. Planat directeurs. *Paris, Ducher*, 1876-1882, 6 vol. in-4, texte à 3 col. fig. demi-rel. v. bleu.

Les six premières années.

232. Recueil d'architecture, représentant en 34 planches, palais, châteaux hôtels, maisons de plaisance... exécutés tant en France qu'en Allemagne sur les dessins de P.-M. d'Ixnard. *Strasbourg, Treuttel*, 1791, in-fol. de 34 pl. gravées, non relié.

233. Paris moderne, ou Choix de maisons construites dans les nouveaux quartiers de la capitale et dans ses environs, levées, dessinées, gravées et publiées par Normand fils. *Paris, Banu*, 1837-1847, 418 pl. en 3 vol. in-4, dont 2 cart. tome I et II, et 1 en feuilles.

234. L'Architecture privée au XIXe siècle, sous Napoléon III. Nouvelles Maisons de Paris et des environs. Plans, élévations, coupes, détails de construction, de décoration et d'aménagement. *Paris, A. Morel*, 1860-1863, in-fol. pl. en feuilles.

189 pl. gravées, sans texte.

235. Monumens funéraires choisis dans les cimetières de Paris et des principales villes de France, dessinés, gravés et publiés par Normand fils. *Paris, chez Normand fils*, 1832, 2 part. en un vol. in-fol. 144 planches gravées au trait, demi-rel. mar. viol. avec coins.

236. Tombeau de Louis XII dit le Père du peuple, dessiné, gravé et publié par E.-F. Imbard. *Paris, P. Didot l'aîné*, 1815, in-fol. 9 pl. grav. au trait. — Tombeau de François Ier (par le même). *Paris, P. Didot l'aîné*, 1817, in-fol. 20 pl. grav. au trait. — 2 ouvr. en un vol. demi-rel. v. non rog.

237. Arc de triomphe des Tuileries, érigé en 1806, d'après les dessins et sous la direction de MM. C. Percier et P.-F.-L. Fontaine, architectes, dessiné, gravé et publié par Normand fils. *A Paris, chez Normand fils, s. d.* 27 planches gravées au trait, cart.

238. Projet de trente fontaines pour l'embellissement de la ville de Paris, par A. L. Lusson. *Paris*, 1835, in-fol. 12 planches gravées au trait, cart.

239. Description de la rotonde des Panoramas élevée dans les Champs-Élysées, par J.-J. Hittorff. *Paris, revue générale de l'architecture et des travaux publics*, 1842, in-4, 29 pp. de texte et 5 planches gravées, cart.

240. Marché des Blancs-Manteaux, par P. Jules Delespine, architecte, suivi du tombeau de Newton, du même auteur. *Paris, impr. Anthelme Boucher*, 1827, in-fol. portrait et 14 pl. gravées, cart.

241. Basilique de Sainte-Geneviève, ancien Panthéon français. Description historique et artistique par Ch. Ouin La Croix. Edition illustrée, dessins et impressions exclusivement autographiques et chromo-autographiques. *Paris, Ch. Chauvin*, 1867, in-fol. texte encadré, portraits, fig. en couleur, demi-rel. chag. bleu.

242. Monographie Notre-Dame de Brou. *S. l. n. d.*, in-fol. 28 pl. gravées dont quelques-unes en chromolith. montées sur onglets, demi-rel. chag. r. avec coins, dos orné.

243. Recueil d'architecture dessiné et mesuré en Italie dans les années 1791, 92 et 93, par F.-L. Schuelt, ouvrage composé de 72 planches. *A Paris, chez Bance*, 1821, in-fol. pl. cart. non rog.

244. Monumens et tombeaux mesurés et dessinés en Italie, par P. Clochar. *Paris*, 1815, in-fol. papier vélin fort, 40 pl. gravées par Lacour, Thierry, Queverdo, demi-rel. v.

245. Architettura con diversi ornamenti cavati dall' antico da Gio. Battista Montano milanese; libro primo. *In Roma*, 1691, 42 pl. gr. — Libro secondo. Scielta varii tempietti antichi. *In Roma, s. d.*, 48 pl. grav. — Raccolta de tempii e sepolcri, disegnati dall antico da Gio. Battista Montano. Libro terzo. *In Roma*, 38 pl. —Ens. 3 parties en un vol. in-fol. demi-rel. bas.

246. Nouveau Recueil de vues des principales églises, places et palais de Rome moderne et des plus beaux monuments de Rome ancienne, dessinées et gravées par des habiles maîtres. *Rome, Bouchard et Gravier*, 1776, in-fol. 59 pl. gravées, demi-rel. v. brun avec coins.

Le haut des planches abîmé par la moisissure est raccommodé ; piqûre de vers.

247. Palais, maisons et autres édifices modernes dessinés à Rome (par Percier et Fontaine), publiés à Paris, l'an VI de la République française (1798, v. st.). *Paris, Ducamp, de l'impr. de Baudouin, s. d.*, 100 pl. gravées au trait, demi-rel. bas. r. avec coins.

On a ajouté à cet exemplaire 42 planches gravées au trait : Recueil de décorations intérieures.
Mouillures.

248. Castelli e ponti, con alcune ingeniose pratiche e con la descrizione del trasporto dell' obelisco vaticano e di altri del cavaliere Domenico Fontana. *Roma*, 1743, gr. in-fol. avec 2 titres différents, 54 pl. portrait, vélin.

Ouvrage curieux et recherché. Piqûres de vers, mouillures.

249. La Villa Pia des jardins du Vatican, architecture de Pirro Ligorio, publiée dans tous ses détails par Jules Bouchet. *Paris, H. Cousin*, 1837, in-fol. 34 pp. de texte et 23 planches gravées au trait, cart.

250. Venise, les principaux monuments dessinés d'après nature et lithographiés par A. Rouargue. *Paris, Vve Delpech, s. d.*, in-fol. 20 planches teintées, demi-rel. bas. r.

251. Osservazioni sui diffeti prodotti nei teatri dalla cattiva costruzione del palco scenico con un aggiunta ed un' appendice, più un appendice seconda di Paolo Landriani. *Milano, Vallardi, s. d.*, 2 vol. in-4, dont 1 de texte et 1 de pl. demi-rel. bas. verte.

252. Gleanings from Westminster abbey, by G. Gilbert Scott with appendices, supplying further particulars, and completing the history of the abbey buildings, illustrated by numerous plates and woodcuts. *Oxford, Parker*, 1861, in-8, plan et fig. demi-rel. bas. verte.

253. Plan, coupe, élévation et détails de la restauration du Palais des États et de sa nouvelle salle à Cassel, publié et gravé au trait par Grandjean de Montigny. *A Cassel, de l'impr. royale*, 1810, in-fol. 8 pp. de texte et 10 planches. — Changemens proposés par P. L. Dubois au projet de l'Arc de Triomphe de l'Etoile par M. Chalgrin. *Paris*, 1870, in-fol. 6 pp. de texte et 10 planches. — Ens. 2 ouvr. en 1 vol. demi-rel. bas. viol.

254. Aya Sofia, Constantinople, as recently restored by order of H. M. the Sultan Abdul Medjid from the original drawings by chevalier Gaspard Fossati, lithographed by Louis Hache. *London*, 1852, in-fol. 16 planches lithographiées et en couleur dans un carton.

255. Aquarelles, styles et genres. Décoration ancienne et moderne pour MM. les tapissiers, fabricants, architectes et décorateurs. *Paris, Léon Sault, s. d.*, 9 premières livraisons in-fol. contenant 48 pl. gravées et coloriées.

256. Album de décorations, ornements et tentures du Ier au XVIIIe siècle, puisées aux sources les plus autorisées. *Paris, Ducher*, 1880, 3 séries formant 99 pl. in-fol. en chromolithographie, imprimerie Bachelin-Deflorenne, cartons.

257. Grammaire de l'ornement par Owen Jones, illustrée d'exemples pris de divers styles d'ornement, cent-douze planches. *Londres, Bern. Quaritch*, 1865, pet. in-fol. planches en chromolith. or et argent, cart. perc. gren.

258. Recueil varié de plans et de façades, motifs pour des maisons de ville et de campagne, des monumens et des établissemens publics et particuliers, etc., par Ch. Normand. *A Paris, chez l'auteur*, 1823, in-fol. 63 planches gravées au trait. — Le Guide de l'ornemaniste ou de l'ornement pour la décoration des bâtiments, dessiné et gravé au trait (par le même). *A Paris, chez l'auteur*, 1826, in-fol. 36 planches gravées au trait. — Ens. 2 vol. cart.

259. Recueil de décorations intérieures, comprenant tout ce qui a rapport à l'ameublement, composé par C. Percier et P. F. L. Fontaine, exécuté sur leurs dessins. *A Paris, J. Didot aîné*, 1827, in-fol. 43 pp. de texte et 72 pl. grav. au trait, cart. non rog.

260. La Renaissance monumentale en France. Spécimens de composition et d'ornementation architectoniques, empruntés aux édifices construits depuis le règne de Charles VIII jusqu'à celui de Louis XIV, par Adolphe Berty. *Paris, Gide*, 1858-1864, 2 vol. formant 50 livraisons in-4, et contenant un texte et 94 planches gravées.

Les livraisons XLVI et XLVII sont incomplètes des planches.

261. L'Art architectural en France, depuis François Ier jusqu'à Louis XIV. Motifs de décoration intérieure et extérieure, dessinés d'après des modèles exécutés et inédits des principales époques de la Renaissance, par Eug. Rouyer, texte par Alfred Darcel. *Paris, E. Noblet*, 1859-1864, tome Ier formant 89 livraisons in-4, contenant un texte et 162 pl. gravées en feuilles.

Les 3 livraisons XLVI à XLVIII manquent.

262. Examples of carved oak woodwork in the houses and furniture of the 16th. et 17th. centuries, by Williams Bliss Sanders, architect, with 25 illustrations photo-lithographed from the original sketches of the author. *London, B. Quaritch*, 1883, in-fol. pl. cart. perc. bleue.

263. Illustrations of furniture, by J. Braund. *London*, 1858, in-fol. 48 planches gravées, cart.

264. Adhémar (J.). Traité de charpente. *Paris, Mathias*, 1849, 1 vol. de texte et 1 atlas de pl. — Traité de géométrie descriptive. *Paris, Lacroix-Comon*, 1859, 1 vol. de texte et 1 atlas de pl. — Ens. 2 vol. in-8, br. et 2 atlas in-fol. dont l'un cart. et l'autre br.

Taches d'humidité.

265. Tour de Babel, ou Objets d'art faux pris pour vrais, et *vice versa*, par le docteur Alex. Foresi. *Paris, Florence*, 1868, in-8, papier de Hollande.

266. Mémoires pour servir à l'histoire de la Révolution opérée dans la musique par M. le chevalier Gluck. *Naples, Bailly*, 1781, in-8, portrait, v. f. ant. fil. tr. dor.

Exemplaire en GRAND PAPIER DE HOLLANDE, tiré seulement à quatre exemplaires.

BELLES-LETTRES

I. LINGUISTIQUE — POÈTES GRECS ET LATINS

267. Cahiers de remarques sur l'orthographe françoise pour estre examinez par chacun de Messieurs de l'Académie, publiés avec une introduction, des notes et une table alphabétique par Ch. Marty-Laveaux. *Paris, J. Gay*, 1863, in-12, br.

268. Dictionariolum latino-gallicum, avec les mots françois, selon l'ordre des lettres, ainsi qu'il les faut escrire, tournez en latin. *Parisiis, apud Michael Sonnium*, 1582, in-8, texte à 2 col. bas. ant.

Mouillures.

269. Octavii Ferrarii origines linguæ italicæ. *Patavii*, 1870, in-fol. texte à 2 col. v. ant. comp.

---

270. Réflexions critiques sur la poésie et sur la peinture, par l'abbé Du Bos, sixième édition. *Paris, Pissot*, 1755, 3 vol. in-12, v. ant. marb. fil.

271. Théocrite. Les Idylles, traduction de J.-A. Guillet, gravures de Meaulle. *Paris, A. Quantin*, 1884, in-18, papier vélin, fig. br.

De la Collection des *Chefs-d'œuvre antiques*.

272. Apollonius de Rhodes. Jason et Médée, gravures de Meaulle, traduction de A. Pons. *Paris, A. Quantin*, 1882, in-18, papier vélin, fig. br.

De la Collection des *Chefs-d'œuvre antiques*.

273. P. Virgilius Maro, varietate lectionis et perpetua adnotatione illustratus a Chr. Gottl. Heyne. Accedunt indices. Editio novis curis emendata et aucta. *Lipsiæ, sumptibus C. Fritsch*, 1800, 6 vol. in-8, front. et vignettes, cuir de Russie quadr. fil.

Belle édition rare et recherchée. Exemplaire tiré sur papier intermédiaire. Taches d'humidité.

274. P. Vergili Maronis codex antiquissimus a Rufio Turcio distinctus et emendatus, qui nunc Florentiæ in bibliotheca Mediceo-Laurentiana adservatur. *Florentiæ, typis Mannianis*, 1741, in-4, front. bas. ant.

275. Œuvres complètes de Virgile. Traduction nouvelle : Bucoliques et Géorgiques par Charpentier. Énéide par Vilnave et Amar. *Paris, C. L. F. Panckoucke*, 1833, 1835, 4 vol. in-8, demi-rel. chag. vert. — Œuvres de Sulpice-Sévère, traduction nouvelle par M. Herbert. *Paris, Panckoucke*, 1848-49, 2 vol. in-8, demi-rel. chag. noir. — Ens. 6 vol.

276. Virgile. Les Bucoliques, traduction d'André Lefèvre, illustrations d'Auguste Leloir. *Paris, A. Quantin*, 1881, in-18, papier vélin, fig. br.

De la Collection des *Chefs-d'œuvre antiques.*

277. Œuvres complètes d'Horace par ordre de production, traduction de Goupy. *Paris, Firmin Didot frères*, 1857, in-16, demi-rel. mar. vert avec coins, dos orné, fil. doré en tête, non rogné. (*Allô.*)

278. Horace. Odes et épodes. Traduction du comte de Séguier, gravures de Meaulle d'après les aquarelles de Meyer. *Paris, A. Quantin*, 1883, in-18, papier vélin, fig. br.

De la Collection des *Chefs-d'œuvre antiques.*

279. Opus sex dierum, seu mundi opificium, Georgii Pisidæ poema. Ejusdem senarii de vanitate vitæ. Omnia nunc primum græce in lucem edita, et latinis versibus ejusdem generis expressa per Fred. Morellum Federici F. cum fragmentis ex Suida et aliis. *Lutetiæ, apud Fed. Morellum*, 1585, in-4, bas. rac.

Le titre porte la signature de L. Boursault.

280. Vidi Fabri Pibracii 126 tetrasticha et sex epigrammata gallica, latinis versibus et commentariis expressa et illustrata. Auctore Thoma Bicartone Scoto. Accessit etiam vita Pibracii. *Pictavis, apud Fr. Pagæum*, 1590, pet. in-4, v. f. tr. dor.

Mouillures.

281. Les Quatrains de Pibrac, suivis de ses autres poésies, avec une notice par Jules Claretie. *Paris, Alph. Lemerre*, 1874, in-12, br.

282. Ludovici XIII Franciæ et Navarræ regis triumphus de Rupella capta, ab alumnis Claromontani collegii societatis Jesu vario carminum genere celebratus (latine, græce, gallice). *Parisiis, apud Seb. Cramoisy*, 1628, in-4, parchemin, tr. dor.

283. Francisci Vavassoris de ludicra dictione liber in quo tota jocandi ratio ex veterum scriptis æstimatur. *Lutetiæ Parisiorum, apud Seb. Cramosium*, 1658, in-4, v. ant. granit.

II. POÈTES FRANÇAIS — POÈTES ÉTRANGERS

284. Poètes champenois antérieurs au XVIe siècle, publiés par Prosper Tarbé. *Reims, imp. Régnier*, 1847-1851, 14 tomes en 7 vol. pet. in-8, demi-rel. mar. vert foncé.

Les Œuvres de Guillaume Coquillart. 2 tomes en un vol. (*Le tome 2e entièrement composé de notes est placé avant le tome 1er qui contient le texte.*)

Les Œuvres de Guillaume de Machaut. — Le Roman du chevalier de la Charette. 2 ouvr. en un vol.

Œuvres inédites d'Eustache Deschamps. 2 tomes en un vol. (*Le tome 1er est placé après le tome 2e.*)

Les Chansonniers de Champagne aux XIIe et XIIIe siècles. — Le Roman d'Aubery le Bourgoing. 2 ouvr. en un vol.

Proverbes champenois avant le XVIe siècle. — Les Œuvres de Philippe de Vitry. 2 ouvr. en un vol.

Recherches sur l'histoire du langage et des patois de Champagne. 2 tomes en un vol. (*Le Glossaire qui devrait se trouver après les Recherches est placé avant le tome 1er et par conséquent est indiqué comme tome 2e.*)

Chansons de Thibault IV, comte de Champagne et de Brie, roi de Navarre. — Le roman de Girard de Viane, par Bertrand de Bar-sur-Aube. 2 ouvr. en un vol.

285. Le Livre de Mathéolus, poème français du XIVe siècle, par Jean Lefèvre, nouvelle édition, revue sur les manuscrits et les éditions gothiques par M. Ed. Tricotel. *Bruxelles, A. Mertens*, 1864, pet. in-8, avec l'errata, br.

Un des 30 exemplaires tirés in-8.

286. Les Commandemens de Dieu et du Dyable avec la remontrance de la mort. *Et se vend à Paris, chez Techener*, in-8, demi-rel. chag. viol.

Réimpression en fac-similé, tirée à 76 exemplaires seulement.

287. Les Œuvres de Clément Marot de Cahors, valet de chambre du roy, revues et augmentées de nouveau. *A La Haye, chez Adrien Moetjens*, 1700, 2 vol. in-12, v. ant. gran. (*Armoiries sur les plats.*)

Hauteur : 134 mill. 1/2.

288. Œuvres de Clément Marot. Édition Georges Guiffrey. *Paris, Morgand et Ch. Fatout, s. d.*, gr. in-8, papier de Hollande, vign. br.

289. S'ensuivent les blasons anatomiques du corps féminin. *Amsterdam*, 1866, in-12, papier de Hollande, br.

Réimpression de l'édition de Paris, Charles L'Angelier, 1550.

290. Odes, sonnets et autres poésies gentilles et facétieuses de Jacques Tahureau, réimprimées textuellement sur l'édition très rare de Poitiers, 1554, augmentées d'une préface et de notes biographiques sur les personnages nommés dans les poésies de Tahureau, par Prosper Blanchemain. *Genève, J. Gay*, 1869, in-12, papier de Hollande, br.

291. Vers sur la mort, par Thibaud de Marly, imprimés sur un manuscrit de la Bibliothèque du roi. *Paris, de l'impr. de Crapelet, s. d.*, plaquette in-8 de 58 pp. demi-rel. mar. citron, fil. tête dor. ébarbé.

292. Le Thrésor des joyeuses inventions du paragon des poësies. Paris, pour la vefve Jean Bonfons, à l'enseigne Saint Nicolas. *Bruxelles, impr. A. Mertens*, 1864, in-12, br.

Exemplaire sur PAPIER DE CHINE.

293. Les Muses gaillardes, recueillies des plus beaux esprits de ce temps par A. D. B. Parisien. *Bruxelles, A. Mertens et fils*, 1864, in-12, br.

Réimpression de l'édition de Paris, Anth. de Brueil, 1609.
Exemplaire sur PAPIER DE CHINE.

294. La Première et seconde Semaine de Guillaume de Saluste, sieur Du Bartas, revues et augmentées d'une troisième partie... *A Paris*, 1610, 2 tomes en 1 vol. mar. grenat, fil. à froid, tr. dor. (*Cottin-Simier.*)

Aux armes du marquis de Villeneuve Trans.
Le titre du 1er volume manque et a été remplacé par celui du second volume qui est complètement doublé; le feuillet de dédicace est remmargé, mouillures. Cet exemplaire contient des notes manuscrites et des dessins, signés d'un anagramme.

295. La Muse folastre recherchée des plus beaux esprits de ce temps. *A Lyon, par Barth. Ancelin*, 1611, in-12. — Le Banquet des Muses du sieur Auvray. *Rouen, David Ferrand*, 1623, in-12. — Ens. 2 vol. in-12, br.

Réimpressions faites à petit nombre à Bruxelles, impr. A. Mertens, 1861-1865.

296. Le Premier Livre du labyrinthe d'amour, ou Suite des muses folastres recherchée des plus beaux esprits de ce temps, par H. F. S. D. C. Rouen, chez Claude le Villain, 1615. *Bruxelles, impr. A. Mertens*, 1863, in-12, br.

Exemplaire sur PAPIER DE CHINE.

297. Les Fantaisies de Bruscambille, contenant plusieurs discours, paradoxes, harangues et prologues facétieux, revues et augmentées de nouveau par l'auteur. *A Lyon, jouxte la copie imprimée à Paris*, 1618, in-12, br.

Réimpression faite à petit nombre à Bruxelles, Impr. Mertens, 1863.

298. Le Désert des Muses ou les Délices de la satyre gallante, par P. M. D. G. (J. Auvray). *A Paris, chez Pierre Lamy, s. d.*, in-12, demi-rel. mar. bleu, fil. doré en tête.

Réimpression faite à Bruxelles en 1863 pour J. Gay, et tirée à 100 exemplaires.

299. L'Espadon satyrique par le sieur d'Esternold. Réimpression faite sur l'édition de Lyon, 1626, collationnée et complétée sur les autres éditions du même ouvrage, et augmentée d'un avant-propos. *Bruxelles, impr. de A. Mertens,* 1863, in-12, demi-rel. mar. brun, doré en tête, non rogné.

300. Les Œuvres de Pierre de Ronsard, gentilhomme Vandosmois, prince des poètes françois, revues et augmentées, et illustrées de commentaires et remarques. *A Paris, chez Nicolas Bum,* 1623, 2 vol. in-fol. titre gravé au tome Ier, portraits, mar. r. fil. (*Rel. ancienne restaurée.*)

Aux armes de GRIMALDI.

301. Satire de J. Du Lorens, réimpression textuelle de l'édition de 1633, précédée d'une notice sur la vie et les ouvrages de l'auteur, par M. Prosper Blanchemain. *Genève, J. Gay,* 1868, in-12, papier de Hollande, br.

302. Satires de Dulorens, édition de 1646, contenant vingt-six satires, publiée par D. Jouaust, et précédée d'une notice littéraire, par E. Villemain. *Paris, Jouaust,* 1869, in-12, portrait. — Premières satires de Dulorens, publiées par D. Jouaust. avec une notice par Prosper Blanchemain. *Paris, libr. des Bibliophiles,* 1881, in-12. — Ens. 2 vol. br.

303. Lettre en vers sur les mariages de Mlle de Rohan avec M. de Chabot, de Mlle de Rambouillet avec M. de Montausier et de Mlle de Brissac avec Sabatier, 1645. *Paris, Aug. Aubry,* 1862, in-12, papier de Hollande, demi-rel. mar. vert clair avec coins, dos orné, fil. doré en tête, non rogné. (*Capé.*)

Tiré à petit nombre.

304. Œuvres poétiques de François de Maynard, réimprimées sur l'édition de Paris, Aug. Courbé, 1686, in-4, enrichies de variantes, revues et annotées par Prosper Blanchemain. *Paris, J. Gay,* 1864, in-12, br.

Tiré à petit nombre.

305. Œuvres satyriques de P. Corneille Blessebois : Le Rut ou la Pudeur éteinte; l'Almanach des belles, pour l'année 1676; l'Eugénie; Marthe Le Hayer, ou Mademoiselle de Scay; Filon, etc. *Leyde,* 1866-67, 2 vol. petit in-8, br.

306. Fables de La Fontaine, illustrées par J.-J. Grandville. Nouvelle édition. *Paris, H. Fournier aîné,* 1838, 2 vol. in-8, front. fig. hors texte, demi-rel. bas. viol.

307. La Fontaine. Contes et nouvelles en vers. *A Amsterdam,* 1745, 2 vol. pet. in-8, frontispice et vignettes de Cochin, v. ant. marb.

Au tome Ier la figure pour le *Gascon puni* a été remontée; au tome II, tache d'huile à la page 8.

308. Œuvres diverses de M. Boileau Despréaux avec le Traité du sublime, etc. *A Amsterdam, chez Henri Schelte,* 1702, 2 vol. in-8, fig. mar. r. comp. dorés à petits fers sur les plats, tr. dor. (*Reliure ancienne hollandaise.*)

Jolie réimpression de l'édition in-4 de 1701, dans laquelle sont ajoutés les passages des poètes latins imités par l'auteur.
Exemplaire en GRAND PAPIER. La reliure est fatiguée.

309. Curiosités bibliographiques. — Une parodie curieuse de l'art poétique de Boileau. Eloge burlesque de la seringue. *Rouen, J. Lemonnyer,* 1879-1880, 2 br. in-8.

310. Œuvres de Mme et de Mlle Deshoulières. *Paris, stéréotypie d'Herhan,* 1803, 2 vol. in-12, portraits, demi-rel. bas. r. avec coins, non rogné.

Taches d'humidité sur le titre du tome Ier

311. Recueil de pièces choisies, rassemblées par les soins du Cosmopolite. *A Anconne, chez Uriel Bandant à l'enseigne de la Liberté,* 1735, 1 tome en 2 vol. pet. in-8, papier de Hollande, br.

Réimpression faite à Bruxelles en 1865, et tirée à petit nombre.

312. Les Reclusières de Vénus. Allégorie. *A la Nouvelle Cythéropolis*, 1750, pet. in-8 de 13 pp. demi-rel. chag. r.

Relatif à l'hôtel du Roule.

313. Poésies de Lalane, et du marquis de Montplaisir. Poésies de Saint-Pavin et de Charleval. *A Amsterdam, et se trouve à Paris, chez L. A. Leprieur*, 1759, 2 ouvr. en un vol. in-12, v. ant. marb.

314. Œuvres badines d'Alexis Piron, précédées d'une notice sur sa vie, nouvelle édition, ornée de 20 figures en taille-douce. *Imprimé par les presses de la Société à Neuchâtel*, 1872, in-12, fig. br.

Tiré à petit nombre. Les planches sont sur chine volant.

315. The Henriade, an epic poem in ten cantos, translated from the french of Voltaire, into english rhyme, with large historical and critical notes. *London, by Burton*, 1797, in-4, demi-rel. bas, r.

316. The Art of painting of Charles Alphonse du Fresnoy, translated into english verse by William Mason, with annotations by sir Joshua Reynolds. *York, printed by A. Ward*, 1783, in-4, v. ant. fil.

317. Dorat. Les Tourterelles de Zelmis, poème en trois chants. *Rouen, J. Lemonnyer*, 1880, in-8, titre, figure et vignette d'Eisen, br.

318. La Peinture, poème en trois chants, par M. Le Mierre. *Paris, chez Le Jay, s. d.*, in-4, fig. de Cochin, cart.

319. J. de Berchoux. La Gastronomie, poème en quatre chants, publié avec une notice et des notes par Félix Desvernay. *Paris, libr. des Bibliophiles*, 1876, in-12, br.

Un des 30 exemplaires sur PAPIER WHATMAN.

320. Harmonies poétiques et religieuses, par A. de Lamartine. *Paris, Hachette*, 1876, in-12, papier vélin, filets r. br.

321. La Chute d'un ange, par A. de Lamartine. *Paris, Hachette*, 1877, in-12, papier vélin, filets r. br.

322. La Mort de Socrate, par A. de Lamartine. *Paris, Hachette*, 1878, in-12, papier vélin, filets r. br.

323. Œuvres poétiques de Lamartine. *Paris, Hachette*, 1876-79, 4 vol. pet. in-12, papier vélin, filets r. br.

Harmonies poétiques et religieuses, 1 vol. — Recueillements poétiques, 1 vol. — La Chute d'un ange, 1 vol. — La Mort de Socrate, 1 vol.

324. Odes par Victor Hugo. Troisième édition. *A Paris, chez Ladvocat*, 1825, in-12, frontispice de Devéria, non relié.

Déchirure dans la marge de la page 49.

325. A la Colonne de la place Vendôme, ode par Victor Hugo. *Paris, Ambr. Dupont*, 1827, in-8 de 16 pp. cart.

ÉDITION ORIGINALE.

326. Les Orientales, par Victor Hugo, cinquième édition, tome III. *Paris, Ch. Gosselin et Hector Bossange*, 1829, in-8, frontispice et vignette sur le titre, bas.

327. Hymne à la Cloche, par E.-H. Langlois du Pont-de-l'Arche, peintre. *Rouen, Baudry*, 1832, in-8 de 32 pp. vignettes, demi-rel. mar. r. avec coins, tête dor. ébarbé. (*Thivet.*)

Exemplaire sur GRAND RAISIN VÉLIN d'Angoulême, tiré à petit nombre.
Envoi autographe de l'auteur à Hippolyte Bellangé.

328. Catéchisme français ou Principes de philosophie, de morale et de politique républicaine à l'usage des écoles primaires, par La Chabeaussière. *Paris, impr. de H. Fournier*, 1846, plaquette in-8 de 16 pp. demi-rel. chag. r. avec coins, dos orné, fil. ébarbé. (*Raparlier.*)

Catéchisme en vers, tiré à très petit nombre.

329. Odelettes, par Théodore de Banville. Deuxième édition, précédée d'un examen des Odelettes par Charles Asselineau. *Paris, Michel Lévy*, 1856, in-16 de 52 pp. br.

Envoi autographe signé de l'auteur.

330. Heures d'Amour, par Hipp. Lucas. *Paris, J. Gay*, 1864, in-12, br.

331. Les Chats, extraits de pièces rares et curieuses en vers et en prose, etc., recueillis par Jean Gay. *Paris et Bruxelles*, 1866, in-12, papier de Hollande, br.

332. L'An des sept dames, avec annotations et remarques, par M. C. Ruelens et Aug. Scheler. *Bruxelles, A. Mertens*, 1867, in-12, br.

333. Théophile Gautier. Ménagerie intime. *Paris, Alph. Lemerre*, 1869, in-12, papier vélin teinté, br. couv. impr.

334. Poésies de Jules Barbey d'Aurevilly, commentées par lui-même. *S. l.*, 1870, in-8 de 68 pp. papier de Hollande, br.

Nouvelle édition publiée par G.-S. Trébutien. Exemplaire en GRAND PAPIER, non mis dans le commerce.

335. Les Épaves de Charles Baudelaire. *Bruxelles*, 1874, in-12, br.

Pièces condamnées tirées des *Fleurs du mal*.

336. Les Rimes ironiques, poésies nouvelles par Joséphin Soulary, avec dessins d'Eug. Froment. *Lyon, impr. Afred-Louis Perrin et Marinet*, 1877, pet. in-8, papier vergé teinté, demi-rel. chag. vert foncé jans. avec coins, tête dor. ébarbé. (*Lanscelin.*)

337. Eve et ses incarnations, sonnets et eaux-fortes par Ant. Monnier, avec préface par Tony Révillon, et prologue par Prosper Blanchemain. *Paris, Léon Willem*, 1878, in-8, fig. sur chine, br.

338. Œuvres poétiques de Victor de Laprade. *Paris, A. Lemerre*, 1878-80, 2 vol. in-12, br.

Les Symphonies. Idylles héroïques, 1 vol. (tome II). — Les Voix du silence. Varia. Le Livre des adieux, 1 vol. (tome VI).
Un des 25 exemplaires tirés sur PAPIER DE HOLLANDE.

339. Calemard de La Fayette. Le Poème des champs. — L'Adieu, poésies diverses, 2 vol. — Bergues-Lagarde. Pleurs et sourires, 1 vol. — *Paris*, 1883-85. — Ens. 3 vol. in-12, br.

---

340. Le Légat de la vache à Colas de Sedege, complainte huguenote du XVIe siècle, précédée d'une introduction et accompagnée d'une glose d'Orléans par Emm. Vasse. *Paris, Académie des Bibliophiles*, 1868, in-12, br.

341. La Fleur des chansons amoureuses, où sont comprins tous les airs de court recueillis aux cabinets des plus rares poètes de ce temps. *A Rouen, chez Adrien de Launay*, 1600, in-12, br.

Réimpression faite à Bruxelles en 1866 par A. Mertens pour J. Gay et tirée à très petit nombre.

342. Le Parnasse des Muses, ou Recueil des plus belles chansons à danser recherchées dans le cabinet des plus excellents poètes de ce temps. *A Paris, chez Ch. Hulpeau*, 1628-1633, 2 vol. in-12, br.

Réimpression faite à Bruxelles. Impr. de A. Mertens, 1864.

343. Recueil de chansons du XVIIe et du XVIIIe siècle, in-fol. vél. bl. non rogné.

MANUSCRIT composé de 506 pages.
C'est un des beaux recueils de chansons satiriques et gaillardes sur Louis XIV, la Régence, les ministres, les seigneurs et les dames de la cour. On y trouve des mazarinades et de nombreux couplets de Bussi-Rabutin, de Blot, de Hotman, du chevalier de La Rivière, de Coulanges, etc., etc.

344. Recueil complet des chansons de Collé. Nouvelle édition, revue et cor-

rigée. *Hambourg et Paris*, 1864, in-12. — Parades inédites de Collé. *Hambourg et Paris*, 1864, in-12. — 2 vol. br.

345. Porte-feuille d'un exempt de police. *Londres*, 1785, in-8, demi-rel. v. f.
Chansons, épigrammes contre des personnages de l'époque, la duchesse de Chaulnes, la chevalière d'Eon, etc.

346. Chants et chansons populaires de la France. *Paris, H.-L. Delloye*, 1843, 3 vol. gr. in-8, front. et fig. gravés, musique notée, demi-rel. v. viol.
Exemplaire court de marges.

347. Choix de chansons mises en musique, par M. de Laborde gouverneur du Louvre, ornées d'estampes en taille-douce. *Rouen, J. Lemonnyer*, 1881, gr. in-8 (*tome premier*), figures de Moreau le jeune, br.

348. Œuvres complètes de P.-J. de Béranger. Nouvelle édition, revue par l'auteur, illustrée de cinquante-deux belles gravures sur acier, entièrement inédites, d'après les dessins de MM. Charlet, A. de Lemud, Johannot, Daubigny, etc. *Paris, Perrotin*, 1847, 2 vol. in-8, fig. demi-rel. chag. vert, fil. tr. dor.

349. Victor Hugo. Chansons des rues et des bois. — L'Année terrible. *Paris, Alph. Lemerre*, 1875-1877, 2 vol. in-12, br.
Exemplaire sur PAPIER WHATMAN.

---

350. Le Rime del Petrarca brevemente exposte per Lovodico Castelvetro. *Venezia, Zatta*, 1756, 2 vol. in-4, frontispice, nomb. vign. et culs-de-lampe, demi-rel. chag. grenat avec coins, fil. tr. marb. (*Kleinhans*.)

351. Arioste. Roland furieux, traduction nouvelle et en prose par M. V. Philipon de La Madelaine, édition illustrée par Tony Johannot, Baron, Français et C. Nanteuil. *Paris, J. Mallet*, 1844, gr. in-8, fig. cart. tr. dor.

352. Il meo Palacca o vero Roma in feste nei trionfi de Vienna, poema giocoso di Giuseppe Berneri. Edizione seconda arrichita di 52 tavole inventate ed incise da Bart. Pinelli. *Roma*, 1823, in-4 oblong, 52 pl. demi-rel. bas.

353. La Lusiade du Camoens, poëme héroïque sur la découverte des Indes Orientales. Traduit du portugais, par M. Duperron de Castera. *Paris, Huart*, 1735, 3 vol. in-12, front. et fig. v. ant. granit, fil. tr. dor.
Taches d'humidité.

354. Le Voyage au Parnasse de Michel de Cervantes, traduit en français pour la première fois, avec une notice, etc., par J. M. Guardia. *Paris, J. Gay*, 1864, in-12, br.

355. Harivansa, ou Histoire de la famille de Hari, ouvrage formant un appendice du Mahabharata et traduit sur l'original sanscrit par M. A. Langlois. *Paris, printed for the oriental translation fund of Great Britain and Ireland*, 1834, 2 vol. in-4, cart.

III. THÉATRE

356. Thérence en frãçois || prose et rime avecques le latin (*A la fin :*) *Icy fine Thérence en françoys imprimé à Paris, pour Anthoine Vérard demourant à Paris, en la rue Sainct Jaques, près petit pont, s. d.*, in-fol. 385 ff. chiffr. texte à 2 col. car. goth. fig. sur bois, v. ant. granit.
Édition rare.
Mouillures, raccommodages aux derniers feuillets.

357. Le Théâtre françois divisé en trois livres où il est traité, I de l'usage de la comédie, II des autheurs qui soutiennent le théâtre, III de la conduite

des comédiens. Lyon, Michel Mayer. 1674. *Bruxelles, impr. A. Mertens*, 1867, in-12, br.

358. Les Spectacles de la foire, documents inédits, recueillis aux archives nationales, par Em. Campardon. *Paris, Berger-Levrault*, 1877, 2 vol. in-8, papier de Hollande, br.

359. 1770-1790. L'Opéra secret au XVIIIe siècle par Ad. Jullien. *Paris, Ed. Rouveyre*, 1880, in-8, papier vergé, frontispice et vignettes, br.

360. Les Beautés de l'Opéra, ou Chefs-d'œuvre lyriques, illustrés sous la direction de Giraldon, avec un texte explicatif rédigé par Th. Gautier, J. Janin et Ph. Chasles. *Paris, Soulié*, 1845, gr. in-8, fig. cart. toile, tr. dor.

361. Le Mystère de Robert le Diable, mis en deux parties avec transcription en vers modernes, en regard du texte du XIVe siècle, et précédé d'une introduction par Ed. Fournier. *Paris, E. Dentu, s. d.*, in-8, texte à 2 col. papier de Hollande, br.

362. Maistre Pierre Pathelin, suivi du nouveau Pathelin et du Testament de Pathelin. Farces du quinzième siècle. Nouvelle édition avec des notices et des notes, par P. L. (Paul Lacroix). *Paris, Adolphe Delahays*, 1859, in-12, br.

363. L'Histoire tragique de la pucelle d'Orléans, par le P. Fronton du Duc, représentée à Pont à Mousson, le VII sept. MDLXXX, devant Charles III, duc de Lorraine, et publiée en MDLXXXI, par J. Barnet. *Paris, Duprat*, 1859, in-8, de 106 pp. papier de Hollande, portrait, demi-rel. mar. bleu, tête dor. ébarbé. (*Brany*.)

364. Œuvres de Molière, avec un commentaire historique et littéraire par Petitot. *Paris, J.-P. Aillaud*, 1824, 6 vol. in-8, portr. demi-rel. v. vert, tr. marb.

365. Œuvres de Molière, précédées d'une notice sur sa vie et ses ouvrages par M. Sainte-Beuve, vignettes par Tony Johannot. *Paris, Paulin*, 1835-36, 2 vol. gr. in-8, portrait et vignettes, demi-rel. chag. viol. avec coins.

Exemplaire du PREMIER TIRAGE.
Taches de rouille.

366. Œuvres de Molière, précédées d'une notice sur sa vie et ses ouvrages par M. Sainte-Beuve, vignettes par Tony Johannot. *Paris, Paulin*, 1835, 2 vol. in-8, fig. v. rose, fil. tr. dor. (*Capé*.)

Taches d'humidité.

367. Œuvres complètes de Molière. Édition variorum, publiée par Ch. Louandre. *Paris, Charpentier*, 1858, 3 vol. in-12, demi-rel. bas. bleue.

368. Bibliographie et iconographie moliéresque par Paul Lacroix, seconde édition, revue, corrigée et considérablement augmentée. *Paris, Aug. Fontaine*, 1875-1876, 2 vol. in-8, br.

369. Deuxième centenaire de la fondation de la Comédie-Française. L'Impromptu de Versailles, le Bourgeois gentilhomme, précédés d'une notice par P. Regnier, et d'un à-propos en vers par F. Coppée, avec un portrait en pied de Molière gravé par Damman. *Paris, Jouaust*, 1880, in-12, portrait, br.

370. Molière et sa troupe, par H. A. Soleirol. *Paris, chez l'auteur*, 1858, gr. in-8, portraits, br.

371. Œuvres complètes de Racine, précédées de mémoires sur sa vie par L. Racine. Nouvelle édition, ornée de gravures. *Paris, Furne, s. d.* gr. in-8, texte à 2 col. portrait et fig. demi-rel. chag. noir, plats toile, tr. dor.

372. Genève délivrée, comédie sur l'escalade, composée en 1662, par Samuel Chappuzeau, homme de lettres, publiée par J. J. Galiffe et Ed. Fick. *Genève*,

impr. de J. Guill. Fick, 1862, in-8, figures photographiées, demi-rel. mar. r. avec coins, dos orné, fil. tête dor. (*Allô.*)

373. L'Escole des jaloux, ou le Cocu volontaire, comédie représentée sur le théâtre royal de l'Hostel de Bourgogne par A. J. Montfleury. *A Paris, chez M. Pepingué*, 1668, in-12 de 4 ff. et 52 pp. demi-rel. mar. citron avec coins, dos orné, fil. tr. dor. (*Allô.*)

Portrait de l'auteur dessiné et gravé par Delvaux en 1787, ajouté.

374. Théâtre de Corneille Blessebois. *Paris, impr. Jouaust*, 1864, pet. in-8, br.

Un des 15 exemplaires tirés sur PAPIER DE HOLLANDE.

375. Œuvres choisies de Destouches. *Paris, Menard et Desenne*, 1820, 3 vol. in-12, portrait et fig. br.

376. Théâtre de M. Favart, avec les airs, rondes et vaudevilles notés dans chaque pièce. *Paris*, 1763, 10 vol. in-8, portrait et fig. v. ant. marb.

Le tome Ier est incomplet du titre et le tome VII du cahier G.

377. Œuvres complètes de Pierre-Augustin Caron de Beaumarchais. *A Paris, Léopold Collin*, 1809, 7 vol. in-8, fig. v. f. fil. tr. dor.

378. Théâtre de Beaumarchais. Le Barbier de Séville, avec une notice et des notes par Ch. Beauquier. *Paris, Alph. Lemerre*, 1871, in-12, portrait, demi-rel. cuir de Russie avec coins, fil. tête dor. ébarbé. (*Cuzin.*)

379. Les Spectacles de Paris, ou Calendrier historique et chronologique des théâtres pour l'année 1787, 2 vol. in-18, le premier en v. ant. marb. fil. tr. dor. et le second en mar. r. tr. dor. (*Rel. anc.*)

380. Chatterton, drame par le comte A. de Vigny. *Paris, Souverain*, 1835, in-8, cart. non rog.

ÉDITION ORIGINALE.

381. Angèle, drame en cinq actes, par Alexandre Dumas. *Paris, Charpentier*, 1834, in-8, front. de Cél. Nanteuil, demi-rel. mar. r. avec coins, dos orné, fil. tête dorée, ébarbé. (*Amand.*)

ÉDITION ORIGINALE. Le frontispice est remonté.

382. Le Roi s'amuse, drame par Victor Hugo. *Paris, Renduel*, 1832, in-8, front. dérelié.

ÉDITION ORIGINALE. Incomplet du faux titre et d'un feuillet contenant l'annonce des œuvres de V. Hugo.

383. Œuvres complètes de Victor Hugo. Drames IV : Marion de Lorme. *Paris, Eug. Renduel*, 1836, in-8, br.

384. Œuvres complètes de Victor Hugo. Drames. Tome septième : Ruy Blas. *Paris, H. Delloye*, 1838, in-8, cart.

ÉDITION ORIGINALE. Exemplaire incomplet des titres et de la préface.

385. Les Deux Masques, tragédie-comédie, par Paul de Saint-Victor. *Paris, Calmann Lévy*, 1880-82, 2 vol. gr. in-8, demi-rel. chag. vert.

386. Le Roman d'une nuit, comédie par Catulle Mendès, *Paris, H. Doucé*, 1883, pet. in-8 de 71 pp. papier de Holl. eau-forte de F. Rops. br.

387. Théâtre des Pupazzi par Lemercier de Neuville. *Lyon, M. Scheuring*, in-8, portrait et vignettes gravés à l'eau-forte, br.

Exemplaire sur PAPIER DE HOLLANDE, incomplet des pp. 103 à 106.

---

388. Didone, tragedia di Ludovico Dolce. *Venezia, Aldus*, 1547, in-16, mar. br. fil. tr. dor. (*Rel. anc.*)

Bel exemplaire.

389. Il Re Torrismondo, tragedia del sig. T. Tasso. *Bergamo, Ventura*, 1587, pet. in-4, car. ital. v. f. fil. dos orné, dent. int. tr. dor. (*Bauzonnet-Trautz.*)

Bel exemplaire.

390. Calderon. Théâtre. Trad. nouvelle, avec une introduction et des notes par M. Damas-Hinard. *Paris, Gosselin*, 3 vol. in-12, demi-rel. chag. noir.

391. Œuvres complètes de W. Shakespeare, traduites par François-Victor Hugo. *Paris, A. Lemerre, s. d.*, in-12, br.

Tome III sur PAPIER WHATMAN.

IV. ROMANS

1. *Romans grecs et latins. — Romans français.*

392. A. Tatius. Leucippe et Clitophon, gravures de Meaulle, traduction de A. Pons. *Paris, A. Quantin*, 1880, in-8, papier vélin, fig. br.

De la Collection des *Chefs-d'œuvre antiques.*

393. Musée. Héro et Léandre. Traduction de Laporte du Theil, dessins de Pfnor, gravures de Meaulle, notice par A. Pons, *Paris, A. Quantin*, 1879, in-18, papier vélin, fig. br.

De la Collection des *Chefs-d'œuvre antiques.*

394. Apulée. L'Ane d'or, ou la Métamorphose. Traduction de Savalète, préface de J. Andrieux, avec nombreuses gravures dessinées par A. Racinet et P. Bénard. *Paris, A. Firmin-Didot*, 1869, in-8, fig. br.

395. Historie roialle des trois Rois assavoir de Franche, d'Angleterre et d'Eschosse. S. *l. n. d.*, in-fol. v. br.

MANUSCRIT DU XVme SIÈCLE sur papier composé de 424 pages. Le premier feuillet contient un dessin représentant les trois Rois en pied dans leurs armures.
Roman de chevalerie en prose excessivement rare.

396. Les Dix Dizaines des cent nouvelles, réimprimées par les soins de D. Jouaust avec notice, notes et glossaire par M. Paul Lacroix. Dessins gravés de Jules Garnier. *Paris, Jouaust*, 1874, 8 fascicules (III à X), in-16, fig. de J. Garnier gravées à l'eau-forte, br.

Les deux premiers fascicules manquent.

397. Les Neuf Matinées du seigneur de Cholières. *A Paris, chez Jean Richer*, 1585, in-12. — Les Après disnées du seigneur de Cholières. *A Paris, chez Jean Richer*, 1587, 2 vol. in-12, br.

Réimpressions faites à Bruxelles en 1863 par Mertens pour J. Gay, et tirées seulement à 100 exemplaires.

398. Les Fortunes et adversitez de feu noble homme Jehan Regnier. Réimpression textuelle de l'édition originale, augmentée d'une notice par M. Paul Lacroix. *Genève, J. Gay*, 1867, in-12, papier de Holl. br.

399. Le Parangon des nouvelles honnestes et délectables. Réimprimé d'après l'édition de 1531 et précédée d'une introduction par Emile Mabille. *Paris, J. Gay*, 1865, in-12, br.

400. Théâtre d'histoire, où, avec les grãds proüesses et aventures étranges, du noble et vertueux chevalier Polimantes, prince d'Arfines, se représentent au vrâi plusieurs occurrences fort rares et merveilleuses, tant de paix, que de guerre; arrivées de son temps, es plus célèbres et renommés païs, roiaumes et provinces du monde (par Ph. de Belleville). A

Bruxelles, chés Rutger Velpius, 1613, in-4, fig. gravées, mar. bleu, fil. tr. dor.

401. Mélusine (par Jean d'Arras), nouvellement imprimée. *A Troyes, chez la Vve Nic. Oudot*, 1639, in-4, fig. sur bois, v. f. ant.

Piqûres de vers et mouillures.

402. Le Zombi du grand Pérou, ou la Comtesse de Cocagne. *Paris, impr. Jouaust*, 1862, in-12, papier de Hollande, br.

Édition publiée par M. Ed. Cleder et tirée à très petit nombre.

403. Les Aventures de Télémaque, par Fénelon, précédées d'un Essai historique et critique sur Fénelon et ses ouvrages par V. Philipon de La Madelaine. *Paris, J. Mallet*, 1840, gr.in-8, pl. gravées sur chine, portrait et vignettes, chag. bleu, tr. dor.

Taches de rouille.

404. Le Diable boiteux (par Lesage). Troisième édition. *A Amsterdam, chez Henri Desbordes*, 1708, in-12, frontispice, mar. r. jans. dent. int. tr. dor. (*Hardy*.)

Raccommodage en haut de la page 73.

405. Histoire de Gil Blas de Santillane, par Lesage, vignettes par J. Gigoux. *Paris, J.-J. Dubochet*, 1838, in-8, fig. demi-rel. bas. bleue.

406. Vénus dans le cloître, ou la Religieuse en chemise, suivi de l'Adamiste ou le Jésuite insensible. Nouvelle édition, réimprimée textuellement sur celle de *Cologne, Pierre Marteau*, 1719. *Genève*, 1866, in-12, br.

407. Histoire de Manon Lescaut et du chevalier Des Grieux, par l'abbé Prévost. Édition illustrée par Tony Johannot, précédée d'une notice historique sur l'auteur par Jules Janin. *Paris, Ern. Bourdin* (*typographie Schneider et Langrand*), *s. d.* gr. in-8, fig. et vignettes, cart. de l'éditeur, tr. dor.

408. Nocrion, conte allobroge, d'après l'édition originale de 1747, avec une préface, un glossaire, etc., par Alb. de La Fizelière. *Paris, Bruxelles, Gay et Doucé*, 1881, pet. in-8, papier de Hollande, br.

409. Le Joujou des demoiselles, orné de nouvelles gravures. *S. l. n. d.* (*Paris*, 1752), in-8, frontispice gr. par Le Mire, d'après Eisen et 46 fig. à mi-page au bas desquelles se trouvent des poésies dont le texte est gravé, demi-rel. v. br.

Taches.

410. Contes de Augustin Paradis de Moncrif de l'Académie française, avec une notice bio-bibliographique par Oct. Uzanne. *Paris, A. Quantin*, 1879, in-8, portrait et fig. br.

411. Le Riche de La Popelinière.—Tableaux des mœurs du temps dans les différents âges de la vie, notice de M. Charles Monselet. *Paris* (*Bruxelles*), 1867, 2 vol. pet. in-8, papier de Hollande, br.

412. La Capucinade, histoire sans vraisemblance, par Frère P.-J. Discret N*** (par P.-J.-B. Nougaret). *Partout*, 1765, in-12, demi-rel. mar. La Vall.

La dernière page est doublée; quelques raccommodages.

413. Contes de l'abbé de La Marre. Les Quarts d'heure d'un joyeux solitaire. *Bruxelles, Kistemaeckers*, 1882, in-8 de 53 pp. papier vélin teinté, front. br.

414. Le Diable amoureux, roman fantastique, par J. Gazotte, précédé de sa vie, etc., par Gérard de Nerval. *Paris, Léon Ganivet*, 1845, in-8, portrait, fig. vignettes, cart. de l'éditeur.

415. L'Adoption, ou la Maçonnerie des femmes en trois grades (par Guillemain de Saint-Victor). *A la Fidélité* (*La Haye*), *chez le Silence*, 1775, pet. in-8 de 64 pp. fig. demi-rel. v. f.

La marge extérieure de quelques planches manque, mouillures.

416. Le Canapé couleur de feu, histoire galante par M. D. (Fougeret de Monbron). *Paris*, 1775, pet. in-8 carré, demi-rel. chag. brun avec coins, tête dor. ébarbé.

417. Les Incas, ou la Destruction de l'empire du Pérou, par M. Marmontel. *Paris, Lacombe*, 1777, 2 vol. in-8, fig. de Moreau, v. ant. rac. fil. tr. dor.

418. Les Incas, ou la Destruction de l'empire du Pérou, par M. Marmontel. *A Paris, chez Lacombe*, 1777, 2 vol. in-8, figures de Moreau, v. ant. marb.

419. Les Françaises, ou XXXIV Exemples choisis dans les mœurs actuelles (par Rétif de La Bretonne). *Neuchâtel et se trouve à Paris*, 178 . 4 vol. in-12, fig. br.

Déchirures à la figure du 2e Exemple du tome I et à la page 268 du tome II.

420. Monsieur Nicolas, ou le Cœur humain dévoilé. Mémoires intimes de Restif de La Bretonne. Réimprimé sur l'édition unique publiée par lui-même en 1796. *Paris, Isidore Liseux*, 1883, 9 vol. in-8, br.

Tomes IV et VII à XIV inclus.

421. Paul et Virginie par Jacq. Bernardin de Saint-Pierre, avec figures. *A Paris, de l'impr. de Monsieur*, 1789, in-8, figures de Moreau le jeune, bas. rac. tr. dor.

422. Paul et Virginie, suivi de la Chaumière indienne, par Bernardin de Saint-Pierre, précédé d'un essai historique sur sa vie par M. Aimé Martin. *Paris, J. Laisné et Ch. Vimont*, 1834, in-8, figures de Corbould, chag. vert, comp. tr. dor.

Taches d'humidité.

423. Paul et Virginie, par J.-H. Bernardin de Saint-Pierre. *Paris, L. Curmer*, 1838, gr. in-8, portr. fig. et vign. mar. viol. comp. dorés sur le dos et les plats, tr. dor. (*Laurent*.)

424. Paul et Virginie, suivi de la Chaumière indienne, par Bernardin de Saint-Pierre. Édition miniature. *Paris, Masson fils*, 1839, in-16, portrait et fig. sur chine, vignettes, chag. viol. fil. tr. dor.

425. Paul et Virginie, dessins par de La Charlerie. *Paris, A. Lemerre*, 1868, in-4, portrait, fig. cart. perc.

426. B. de Saint-Pierre. Paul et Virginie, avec notice et notes par M. Anatole France. *Paris, Alph. Lemerre*, 1878, in-8, papier de Hollande, filets rouges, demi-rel. chag. bleu jans. avec coins, tête dor. ébarbé.

427. Les Liaisons dangereuses, par C. (Choderlos) de Laclos. *Bruxelles, Rozez*, 1869, 2 vol. in-12, br.

428. La Création d'Eve, conte moral et historique, par P. C. G. P. (Patris). *Au jardin d'Eden, l'an de la création* (*Paris, Didot l'aîné*, 1808), in-12 de 22 pp. cart. perc.

Ouvrage rare, tiré à 50 exemplaires.

429. Raretés galantes et littéraires. Entre chien et loup (par Mme de Choiseul-Meuse). *Sur l'imprimé de Hambourg*, 1809, *à Bruxelles, chez H. Kistemaeckers, s. d.*, in-8, br.

430. Les Jeunes-France, romans goguenards, par Théophile Gautier. *Sur l'imprimé de Paris*, 1833, *Amsterdam, à l'enseigne du Coq*, 1866, in-12, papier vergé, cart.

Incomplet du frontispice de F. Rops.

431. Jettatura, par Théophile Gautier. *Paris, Mich. Lévy fr.*, 1857, in-16, demi-rel. mar. citron avec coins, fil. doré en tête, ébarbé.

432. Les Casse-cou, aventures et mésaventures, catastrophes grotesques, etc. par Porret. *Paris*, 1838, in-32, fig. v. f. fil. non rogné. (*Bauzonnet*.)

433. Nodier (Ch.). Contes et Nouvelles. *Paris, Charpentier*, 1840, 2 vol. in-12, demi-rel. bas. r. — Les Sept Châteaux du roi de Bohême. *Paris, V. Lecou*, 1852, 1 vol. in-12, br. — Ens. 3 vol.

434. L'Echo des feuilletons, recueil de nouvelles, contes, anecdotes, épisodes, etc. Extraits de la presse contemporaine, par MM. J. B. Fellens et L. P. Dufour. *Paris*, 1841-44, 1850-52-53, 6 vol. gr. in-8, texte à 2 col. fig. hors texte, rel. (*Rel. non uniforme.*)

Quelques taches de rouille.

435. Les Mystères de Paris, par M. Eug. Süe. Nouvelle édition, revue par l'auteur. *Paris, Ch. Gosselin*, 1843-1844, 4 vol. gr. in-8, fig. et vignettes, demi-rel. chag. grenat, fil.

Taches. Exemplaire fatigué.

436. Œuvres complètes de Balzac. *Paris, Furne*, 1842-48, *et Alex. Houssiaux*, 1855, 20 vol. in-8, fig. dont 17 en demi-rel. v. olive, et 3 en demi-rel. chag. noir.

437. L'Ane mort, par Jules Janin, édition illustrée par Tony Johannot. *Paris, Ern. Bourdin*, 1842, in-8, fig. mar. r. fers spéciaux sur les plats, tr. dor. (*Boutigny.*)

438. L'Été à Paris, par M. J. Janin. *Paris, Curmer, s. d.*, gr. in-8, fig. mar. viol. large dent. tr. dor. (*La reliure est déboîtée.*)

439. La Dame à l'œillet rouge, roman nouveau par Jules Janin. *Paris, Librairie à estampes, s. d.* (1874), gr. in-8 de 55 pp. pap. vélin teinté, portrait, demi-rel. mar. vert, jans. avec coins, tête dor. non rog. (*Belz-Niedrée.*)

440. Arsène Houssaye. Les Grandes Dames, édition illustrée de vingt gravures sur acier, par Flameng, La Guillermie, Morin, Bertall, Masson, Cucinotta. *Paris, E. Dentu, s. d.*, gr. in-8, fig. br.

441. Voyage autour de ma chambre, par Xavier de Maistre. *Paris, Alph. Lemerre*, 1878, in-8, papier de Hollande, texte encadré de filets rouges, portrait par Courtry et figures de F. Dupont, demi-rel. mar. gren. jans. avec coins, tête dor. ébarbé. (*Lanscelin.*)

442. Jules Sandeau. Catherine. *Paris, Desessart*, 1846, 2 vol. in-8, demi-rel. v. olive.

443. Méry. La Chasse au Chastre. *Paris, Eug. Didier*, 1853, in-16 de 96 pp. br. couverture imprimée.

Édition originale.

444. Elle et Lui, par George Sand. *Paris, L. Hachette*, 1839, in-12, non relié.

Exemplaire lavé et encollé, préparé pour la reliure.

445. Victor Hugo. Notre-Dame de Paris. Edition illustrée d'après les dessins de MM. E. de Beaumont, L. Boulanger, Daubigny, T. Johannot, etc. *Paris, Perrotin*, 1844, gr. in-8, front. et fig. gravés, demi-rel. chag. bleu.

446. Notre-Dame de Paris, nouvelle édition illustrée. *Paris, Calm. Lévy, s. d.*, 2 vol. in-8, fig. br.

447. Victor Hugo. Notre-Dame de Paris. Édition illustrée d'après MM. E. de Beaumont, L. Boulanger, Daubigny, T. Johannot, A. de Lemud. *Paris, Perrotin*, 1850, gr. in-8, fig. mar. vert, fil. tr. dor.

Incomplet de 2 pl. (la Procession des fous et l'Audience au Grand-Châtelet.)

448. Les Misérables, par Victor Hugo, illustrés de deux cents dessins par Brion, gravures de Yon et Perrichon. *Paris, J. Hetzel et A. Lacroix*, 1866, gr. in-8, texte à 2 col. fig. demi-rel. bas. r.

449. Voyage où il vous plaira, par Tony Johannot, Alfr. de Musset et P.-J. Stahl. *Paris, J. Hetzel*, 1843, gr. in-8, fig. demi-rel. chag. La Vall.

450. Nouvelles genevoises, par R. Töpffer; illustrées d'après les dessins de l'auteur, gravures par Best, Leloir, Hotelin et Regnier. *Paris, J.-J. Dubochet*, 1845, in-8, demi-rel. v. viol.

451. Nouveaux Voyages en zigzag par R. Töpffer, illustrés d'après les dessins originaux de Töpffer. *Paris, V. Lecou*, 1854, in-8, fig. demi-rel. v. vert.

452. Jérôme Paturot à la recherche d'une position sociale, par Louis Reybaud. Edition illustrée par J.-J. Grandville. *Paris, J.-J. Dubochet*, 1846, in-8, front. et fig. hors texte gr. vignettes, demi-rel. chag. viol.

453. Jérôme Paturot à la recherche d'une position sociale, par L. Reybaud. Edition illustrée par J.-J. Grandville. *Paris, J.-J. Dubochet, Le Chevalier*, 1846, gr. in-8, fig. demi-rel. chag. La Vall.

454. Alex. Dumas. Les Trois Mousquetaires et Vingt ans après. *Paris, J.-B. Fellens et L.-P. Dufour*, 1846, 2 vol. in-8, fig. — Le Vicomte de Bragelonne. *Paris, Dufour et Mulat*, 1851, 2 vol. gr. in-8, fig. demi-rel. v. viol. — Ens. 4 vol.

455. Les Couvents, par Louis Lurine et Alph. Prot, illustrés par MM. Tony Johannot, Baron, Français et Cél. Nanteuil. *Paris, J. Mallet*, 1846, in-8, fig. demi-rel. chag. viol.

456. Romans divers. *Paris*, 1852-1863, 10 vol. in-12, br.

Théophile Gautier : Un trio de romans. Le Roman de la momie. — Ch. Monselet : Théâtre de Figaro. Les Femmes qui font des scènes. — Seul, par X. B. Saintine. — J. Michelet : la Sorcière. — Paris en Amérique, par le Dr René Lefebvre (Laboulaye.) — La Dame aux perles, par Alex. Dumas fils. — Contes fantastiques et contes littéraires, par J. Janin. — Contes et nouvelles, par Méry.

457. Romans américains. *Paris*, 1855-1874, 15 vol. in-12, fig. br.

Costal l'Indien, par Gabr. Ferry (Louis de Bellemare). — Ed. S. Ellis : L'Espion indien. — Stephens. La Fille du grand chef. — G. de La Landelle : L'homme de feu. — Capitaine Mayne-Reid : La Piste de guerre, et Pierre qui roule. Traductions de l'anglais par MM. V. Boileau et A. Kervigan, 2 vol. — P. Duplessis : Les Boucaniers, 3 vol. Les Peaux-Rouges. — Les Terres d'or par J.-B. d'Auriac. — La Sirène de l'enfer, par B. H. Révoil. — W. Kobb : Les Mystères de New-York. — Em. Chevalier : Les Derniers Iroquois et la Huronne. 2 vol.

458. Gustave Aimard. Romans. *Paris, Amyot, Dentu*, 1858-1878, 27 vol. in-12, portrait, br.

Valentin Guillois. — Les Pirates des prairies. — Les Bisons blancs. — Les Vauriens du Pont-Neuf, 2 vol. — Le Chasseur de rats. — L'Œil gris. — La Forêt vierge, 2 vol. — La Guerrilla-fantôme. — Les Chasseurs mexicains. — Les Fils de la Tortue. — La belle rivière. — Le Guaranis. — Les Chasseurs d'abeilles. — Les Aventuriers. — Les Vaudoux. — La Castille d'Or. — Les Bohêmes de la mer. — Zeno Cabral. — Le Cœur de pierre. — Sacramenta. — Gardenio. — Les Bois brûlés, 3 vol.

459. Paul Féval. Romans. *Paris, Dentu*, 1862-1879, 33 vol. in-12, br.

Mlle Saphir. — Quatre femmes et un homme. — Les Deux Femmes du roi. — Contes bretons. — La Bande Cadet, 2 vol. — Le Vampire. — L'Avaleur de sabres. — La Cavalière, 2 vol. — Le Mari embaumé, 2 vol. — Les Errants de nuit. — Le Volontaire. — Le Château de Velours. — La Garde noire. — Les Couteaux d'or. — Bouche de Fer. — Cœur d'Acier, 2 vol. — Le Cavalier Fortune, 2 vol. — Le Quai de la Ferraille, 2 vol. — La Cosaque, 1 vol. — Les Revenants. — Les Merveilles du Mont Saint-Michel. — Les Compagnons du trésor, 2 vol. — La Rue de Jérusalem, 2 vol. — Le Jeu de la mort. — La Tontine infernale.

460. Ch. Paul de Kock. Romans. *Paris, Sartorius, Cadot*, 1863-70, 12 vol. in-12, fig. br.

Les Petits Ruisseaux. — Les Demoiselles de magasin, 2 vol. — Les Femmes, le jeu et le vin. — Le Sentier aux prunes. — La Fille aux trois jupons. — La Petite Lise. — Mme Pantalon. — Les Intrigants. — Le Concierge de la rue du Bac. — Les Compagnons de la Truffe.

461. Henry de Kock. Romans. *Paris*, 1864-65, 5 vol. in-12, br.

La Chute d'un petit. — Les Petites Chattes de ces messieurs. — L'Amour bossu. — La Tribu des gêneurs. — Minette.

462. Les Contes de Perrault continués par Timothée Trimm (Léo Lespès), illustrés par Henri de Montaut. *Paris, libr. du Petit Journal*, 1865, in-fol. demi-rel. chag. vert.

463. Alfr. Delvau. Françoise, chapitre inédit de l'histoire des quatre sergents de La Rochelle avec une eau-forte d'Émile Thérond. *Paris, Ach. Faure*, 1865, in-16, front. cart. perc. r. non rogné, couv. impr. (*Pierson.*)

464. Alfred Sirven. Les Vieux Polissons, avec une lithographie par Lucien Dulac. *Paris, F. Cournol*, 1865, in-12, figure, br.

465. Ponson du Terrail. Romans. *Paris, Dentu*, 1866-70, 47 vol. in-12, br.

Pas de chance, 2 vol. — Le Dernier Mot de Rocambole, 5 vol. — La Résurrection de Rocambole, 5 vol. — Rocambole en prison, 2 vol. — La Vérité sur Rocambole. — Les Amours d'Aurore. 2 vol. — Le Forgeron de la Cour-Dieu, 2 vol. — Les Voleurs du grand monde, 4 vol. — Maubert le Boiteux, 2 vol. — Les Gandins. — Les Nuits du quartier Bréda. — Le Roman de Fulmen. — Maître Rossignol. — Les Hommes de cheval. — Les Cosaques à Paris. — Mémoires d'un gendarme. — Le Chambrion. — La Veuve de Sologne. — L'Héritage de la Maltote. — Le Bal des victimes. — La Femme immortelle, 2 vol. — Les Orphelins de la Saint-Barthélemy. — Le Castel du Diable. — La Bouquetière de Tivoli, etc., etc.

466. Lucien Biart. Romans. *Paris*, 1867, 3 vol. in-12, br.

Bénito Vasquez. — La Terre tempérée. — Le Bizco.

467. Ernest Capendu. Romans. *Paris, Dentu, Cadot*, 1868, 18 vol. in-12, fig. br.

Le Chat du bord. — Le Capitaine Crochetout. — La Tour aux rats. — Le Joug de l'aigle. — Le Roi des gabiers, 3 vol. — Hôtel de Niorres, 3 vol. — Le Chevalier du poulailler. — Cotillon II. — Le Comte de Saint-Germain. — Une reine d'amour. — Pour un baiser. — Les Petites Femmes du couvent. — Le Mât de fortune. — Le Pré-Catelan.

468. Les Triomphes de l'abbaye des conards, avec une notice sur la fête des fous, par Marc de Montifaud. *Paris, Libr. des bibliophiles* (*D. Jouaust*), 1874. in-12, br.

469. Les Vestales de l'Église, par Marc de Montifaud. *Bruxelles, Janssens*, 1877, in-12, br.

470. La Tentation de saint Antoine, par Gustave Flaubert. *Paris, Charpentier*, 1874, in-8, br.

471. Xavier de Montépin. Romans. *Paris*, 1874-79, 9 vol. in-12, br.

La Sorcière blonde, 2 vol. — La Veuve du caissier, 2 vol. — Une Passion. — La dame de pique, 2 vol. — La Marquise Castella, 2 vol.

472. Edmond et Jules de Goncourt. Sœur Philomène. *Paris, A. Lemerre*, 1875, in-12, br.

Un des 25 exemplaires tirés sur PAPIER DE HOLLANDE.

473. Les Caravanes de Scaramouche, par Emmanuel Gonzalès, avec une notice historique par Paul Lacroix. Eaux-fortes et vignettes par Henry Guérard. *Paris, E. Dentu*, 1881, in-8 carré, papier vélin, filet rouge, fig. br.

474. Un Drame dans une carafe, par E. de Beaumont. Dessins par Louis Leloir. *Paris, Jouaust*, 1882, in-8 tiré in-4, front. vignettes, cart.

475. Jacques Vingtras. L'Enfant, par Jules Vallès. Édition illustrée de 12 eaux-fortes par Renouard. *Paris, A. Quantin*, 1884, in-8, fig. br,

476. L'Héritage de Jacques Farruel (par Lasalle), 1 vol. — Léon de Tinseau. La meilleure part, 1 vol. — Th. Bentzon. Tony, 1 vol. *Paris*, 1884-85. — Ens. 3 vol. in-12, br.

477. Les Projets de Mademoiselle Marcelle et les Étonnements de M. Robert par Emile Desbeaux. 110 dessins de MM. A. Brun, Chapuis, Clair, Guyot, etc. etc. *Paris, P. Ducrocq*, 1885, in-4, fig. br.

478. Les Enfants du capitaine Grant. Voyage autour du monde, par Jules Verne, illustré de 172 vignettes par Riou. *Paris, J. Hetzel, s. d.*, gr. in-8, fig. demi-rel. chag. vert, tr. dor.

479. Jules Verne. Romans. *Paris, Hetzel, s. d.*, 7 vol. in-12, br.

Le Docteur Ox. — L'Abandonné. — De la terre à la lune. — Histoire des grands voyages et des grands voyageurs, 1re série. — Les Tribulations d'un Chinois en Chine. — Les Indes Noires. — Aventures de trois Russes et de trois Anglais.

2. *Romans étrangers.*

480. Contes de J. Bocace, traduction nouvelle enrichie de belles gravures. *A Londres*, 1779, 10 vol. in-8, fig. de Gravelot, demi-rel. bas.

481. Contes de Boccace (le Decaméron), traduits de l'italien et précédés d'une notice historique par A. Barbier. Vignettes par MM. Tony Johannot, H. Baron, Eug. Laville, Cél. Nanteuil, Grandville, Geoffroi, etc. *Paris, Barbier*, 1846, gr. in-8, fig. demi-rel. mar. r. plats en papier, tr. dor.

482. La Hypnerotomachia di Poliphilo cioe pugna d'amore in sogno. Ristampato di novo et ricorretto. *In Venetia*, 1545, in-fol. de 4 ff. prélim. et 230 ff. non chiffrés, fig. sur bois, vél.

Piqûres de vers et grattage à la planche du Priape.

483. Roland l'amoureux, composé en italien par Mre Matheo Maria Bayardo comte de Scandian et traduit fidèlement de nouveau par F. de Rosset et enrichi de figures. *A Paris, chez Robert Fouët*, 1619, fort vol. in-8, titre gravé par Isaac, et fig. vél.

484. Alcibiade enfant à l'école, traduit pour la première fois de l'italien de Ferrante Palavicini. *Amsterdam, chez l'ancien Pierre Marteau*, 1866, pet. in-8, demi-rel. mar. or. jans. avec coins, doré en tête, ébarbé.

Réimpression de l'édition d'Orange, 1652, faite à très petit nombre.

485. Giulietta et Romeo, nouvelle de Luigi da Porto, traduction, préface et notes par Henry Cochin. *Paris, Charavay*, 1879, in-12 carré, papier de Hollande, fig. br.

486. Les Principales Aventures de l'admirable Don Quichotte représentées en figures, par Coypel, Picart le Romain et autres habiles maîtres avec les explications des XXXI planches de cette collection, tirées de l'original espagnol de Miguel de Cervantès. *Liège, J. F. Bassompierre*, 1776, in-4, fig. v. ant. éc. fil.

487. L'Ingénieux Hidalgo Don Quichotte de la Manche, par Miguel de Cervantes Saavedra. Traduit et annoté par Louis Viardot, vignettes de Tony Johannot. *Paris, J.-J. Dubochet*, 1845, gr. in-8, fig. et vignettes, demi-rel. chag. vert.

488. L'Ingénieux Chevalier don Quichotte de la Manche, par Miguel de Cervantes Saavedra. Traduction nouvelle. Illustré par Grandville. *Tours, A. Mame*, 1858, gr. in-8, fig. sur chine, demi-rel. chag. brun, fil. tr. dor.

489. Werther, par Gœthe. Traduction nouvelle précédée de considérations sur Werther... par P. Leroux, accompagnée d'une préface par G. Sand. Dix eaux-fortes par Tony Johannot. *Paris, J. Hetzel*, 1845, gr. in-8, fig. demi-rel. chag. brun, tr. dor.

Exemplaire du PREMIER TIRAGE, figures sur chine.

490. Le Conte du tonneau, contenant tout ce que les arts et les sciences ont de plus sublime et de plus mystérieux; avec plusieurs autres pièces très curieuses par le Dr Swift, traduit de l'anglais. *A La Haye, chez Henri Scheurleer*, 1757, 2 vol. in-12, frontisp. et fig. v. éc. tr. marb.

C'est la reproduction de l'édition de 1721 qui ne contient pas le Traité des dissensions.

491. Voyages de Gulliver dans des contrées lointaines, par Swift. Édition illustrée par Grandville. *Paris, H. Fournier*, 1838, 2 vol. in-8, vignettes, demi-rel. chag. grenat.

Taches de rouille.

492. Walter Scott. Ivanhoe et l'Antiquaire. Traduction de A.-J.-B. Defauconpret, 2 vol. fig. — Walter Scott et les Ecossais par Leitch Ritchie. Traduit de l'anglais, orné de vingt et une gravures d'après les dessins de Cattermole, 1 vol. — *Paris, Furne, Descnne*, 1835. — Ens. 3 vol. in-8, fig. demi-rel. v. vert (*Rel. non uniforme.*)

493. Lettres anglaises, ou Histoire de miss Clarisse Harlow, augmentées de l'Eloge de Richardson, des Lettres posthumes et du Testament de Clarisse. *Londres* (*Paris, Cazin*), 1784, 11 vol. in-18, portrait et fig. non signés, v. ant. éc. fil. tr. dor.

494. Le Vicaire de Wakefield, par Goldsmith, traduit en français avec le texte en regard par Ch. Nodier. *Paris, Bourgueleret*, 1838, in-8, fig. demi-rel. chag. vert.

495. Fenimore Cooper. Les Pionniers; Œil-de-Faucon; Le Dernier des Mohicans; L'Espion; La Prairie; L'Ontario, traductions de La Bedollière. — Nicolas Nickleby par Ch. Dickens, traduction de La Bedollière. *Paris, Barba, s. d.* in-4, fig. dans le texte, demi-rel. v. viol.

496. Les Mille et une Nuits, contes arabes, traduits par Galland. Édition illustrée par les meilleurs artistes français et étrangers, revue et corrigée sur l'édition princeps de 1704, augmentée d'une dissertation sur les Mille et une Nuits par M. le baron Silvestre de Sacy. *Paris, Ern. Bourdin, s. d.* (*typ. Lacrampe*), 3 vol. gr. in-8, fig. hors texte, vignettes, demi-rel. chag. bleu, tête dor. ébarbé.

497. Les Mille et un Jours, contes persans, turcs et chinois, traduits par Petit de La Croix, Cardonne, Caylus, etc., augmentés de nouveaux contes traduits de l'arabe par M. Sainte-Croix Ajpol. *Paris, Pourrat fr.*, 1844, in-8, fig. demi-rel. chag. bleu.

V. FACÉTIES. — DISSERTATIONS SINGULIÈRES. CRITIQUES — ÉPISTOLAIRES

498. Quelques contes du Pogge, traduits pour la première fois en français par Philomneste Junior (Gustave Brunet de Bordeaux). *Genève, chez J. Gay et fils*, 1868, pet. in-8, papier de Hollande, br.

499. Les Fanfares et corvées abbadesques des roule-bon-temps de la haute et basse coquaigne et dépendances. Réimpression textuelle précédée d'une introduction. *Paris, J. Gay*, 1863, in-12, br.

500. Le Tracas de la foire du Pré, facétie normande attribuée à Gautier-Garguille, commentée par M. Epiphane Sidredoulx (Prosper Blanchemain). *Turin, J. Gay*, 1869, in-12 de 70 pp. br.

Tiré à 100 exemplaires.

501. Les Touches et les bigarrures du seigneur des Accords (Est. Tabourot). *Bruxelles, A. Mertens et fils*, 1863-1866, 5 vol. in-12, br.

502. Recueil de facéties, 8 pièces en un vol. in-12, cart.

Étrennes aux ribotteurs. Les Trois aveugles. La Confession de la bonne femme. Histoire du bonhomme Misère. Eloge de Michel Morin. Henriette et Damon. Le double Jardin d'amour.

03. Le Triomphe du sexe. Ouvrage dans lequel on démontre que les femmes sont en tout égales aux hommes. On y examine les avantages de leur

commerce et quel doit être l'amour réciproque des deux sexes, par Monsieur D. (l'abbé Dinouart). *A Amsterdam* (*Arras*), *chez Ignace Racon*, 1749, pet. in-8, mar. citron, fil.

Exemplaire réglé. Fortes taches.

504. Petit Commentaire sur le titre de la petite brochure : Petit Traité de l'amour des femmes pour les sots. A Bagatelle, 1788. *A Saint-Lazare, chez Donat Gourdin, à l'enseigne de la Correction*, pet. in-8 de 67 pp. demi-rel. chag. gren.

505. Petites Misères de la vie conjugale, par H. de Balzac, illustrées par Bertall. *Paris, Chlendowski, s. d.*, gr. in-8, fig. demi-rel. chag. La Vall.

506. Histoire des cocus célèbres, par Henry de Kock. *Paris, Brunel, s. d.*, gr. in-8, texte à 2 col. titre gravé, fig. demi-rel. chag. citron.

507. Edmond et Jules de Goncourt. La Lorette, avec un dessin de Gavarni, gravé par Jules de Goncourt. *Paris, G. Charpentier*, 1883, in-16 de 64 pages, papier de Hollande, eau-forte, br.

508. Le Tribunal d'Apollon, ou Jugement en dernier ressort de tous les auteurs vivans. Libelle injurieux, partial et diffamatoire, par une société de pygmées littéraires (principalement par Joseph Rosny). *Paris, Marchand, an* VIII, pet. in-12, demi-rel. mar. vert. tr. peigne.

509. Histoire édifiante et curieuse de Rothschild I, roi des Juifs, par Satan (Georges-Mathieu Dairnvaell). *Paris, chez l'éditeur*, 1846, 36 pp. — Réponse de Rothschild I, roi des Juifs, à Satan dernier, roi des imposteurs. *Paris, Ballay, aîné*, 1846, 36 pp. — Ens. 2 opusc. en 1 vol. pet. in-8, demi-rel. mar. grenat avec coins, tête dorée, ébarbé. (*Allô.*)

510. Eug. Vermersch. Les Hommes du jour. *Paris, Madre, s. d.*, 2 parties en 1 vol. in-12 carré, demi-rel. mar. r. jans. avec coins, doré en tête, non rogné, couv. cons. (*Allô.*)

511. Eug. Vermersch. Saltimbanque et Pantins, réponse au Syllabus de M. A. Weill. *Paris, E. Sausset*, 1865, in-8 de 16 pp. cart. perc.

Envoi autographe de l'auteur à M. Paul de Saint-Victor, sur la couverture qui a été conservée.

512. Lucien. Dialogues des Courtisanes, traduction de A.-J. Pons. Illustrations par H. Scott et F.-J. Meaulle. *Paris, A. Quantin*, 1881, in-18, papier vélin, fig. br.

De la Collection des *Chefs-d'œuvre antiques*.

513. Cicéron. Lettres à Atticus avec des remarques, et le texte latin de l'édition de Grævius, par M. l'abbé Mongault. *Paris, v*e *Delaulne*, 1738, 6 vol. — Lettres qu'on nomme vulgairement familières, traduites en français sur les éditions de Grævius et de l'abbé d'Olivet, 5 vol. — Lettres de Cicéron à M. Brutus et de M. Brutus à Cicéron avec une préface critique (en réponse à Tunstall) et des notes (traduites de l'anglais de Middleton) pour servir de supplément à l'histoire et au caractère de Cicéron, 1 vol. *Paris, Didot*, 1744-45. — Ens. 12 vol. in-12, v. f. fil. tr. dor. (*Rel. uniforme.*)

514. Quinti Aurelii Symmachi epistolarum lib. X castigatissimi cum auctuario, duo libelli S. Ambrosii ad Valentinianum imper. ejusdemque epistola ad Eugenium cum miscellanearum lib. X et notis nunc primum edidit A. Fr. Jur. D. *Parisiis, ex typ. Orriana*, 1604, 2 parties en 1 vol. in-4, mar. viol. à long grains, fil. tr. dor.

Exemplaire court de marges.

VI. POLYGRAPHES ET COLLECTIONS. — MÉLANGES

515. Les Comédies de Térence, traduction nouvelle avec le texte latin à côté, par l'abbé Lemonnier. *Paris*, 1771, 3 vol. — Fables, contes et épitres, par

l'abbé Lemonnier. *Paris*, 1773, 1 vol. — Satires de Perse, traduction nouvelle avec le texte latin, par l'abbé Lemonnier. *Paris*, 1771, 1 vol. — Ens. 5 vol. gr. in-8, figures de Cochin, v. vert jaspé, dent. doublé de tabis rose, tr. dor.

On a ajouté au *Térence* les figures de l'édition d'*Amsterdam*, de B. Picart, gravées au trait, remontées.
Exemplaire en PAPIER FORT.

516. Bartolus de Saxo Ferrato. Tractatus varii. (*Venetiis*) *Vindelinus*, 1472, in-fol. de 190 ff. car. ronds, texte à 2 col. — He sunt auree questiōes disputate p. Bar. de Saxo Ferrato. 45 ff. car. ronds, texte à 2 col. 2 parties en un vol. in-fol. cart.

517. Udabrici Zasii opera. *Lugduni, apud Sennetonios fratres*, 1548, 12 parties en 3 vol. in-fol. texte à 2 col. vélin de Hollande, comp. à froid.

Mouillures.

518. Traitté contre les masques, par M. Jean Savaron. *A Paris, chez Pierre Chevalier*, 1608, pet. in-8 de 36 pp. — Traitté des confrairies (par le même). *A Paris, chez P. Chevalier*, 1604, pet. in-8 de 16 ff. — Ens. 2 ouvr. en un vol. cart.

Ces deux opuscules sont fortement rognés.

519. Œuvres de François de La Mothe Le Vayer. Troisième édition, reveue, corrigée et augmentée. *Paris, Aug. Courbé*, 1662, 2 tomes en 3 vol. in-fol. portrait, mar. r. dos ornés, comp. à la Du Seuil, tr. dor. (*Rel. anc. fatiguée.*)

Exemplaire en GRAND PAPIER.

520. Œuvres de M. Fontenelle, nouvelle édition. *Paris, Saillant et Desaint*, 1766-67, 11 vol. in-12, portrait et fig. v. éc. fil. tr. marb.

521. Œuvres complètes de Voltaire. *Paris, Jules Didot aîné et Dufour*, 1827-1829, 4 vol. in-8 texte à 2 col. portr. demi-rel. v. olive, non rognés.

Édition compacte.

522. Œuvres de M. Rousseau de Genève. Nouvelle édition. *Neuchâtel*, 1764, 6 vol. in-8, frontispice et figures de Gravelot, Eisen, etc. Lettres écrites de la montagne. *Amsterdam, chez Marc-Michel Rey*, 1764, in-8. (*Edition originale.*) — Esprit, maximes et principes. *Neufchâtel et en Europe, chez les libraires associés*, 1764, in-8. (*Edition originale.*) — J.-J. Rousseau, citoyen de Genève, à M. d'Alembert, sur son article Genève, etc. *Amsterdam, Marc-Michel Rey*, 1758, in-8. (*Edition originale.*) — Ens. 9 vol. v. ant. gran. fil. tr. dor. (*Reliure uniforme.*)

523. Œuvres de M. Thomas. Nouvelle édition. *Amsterdam, et à Paris, chez Moutard*, 1773, 4 vol. in-8, front. et portrait, mar. r. fil. tr. dor. (*Rel. anc.*)

Exemplaire en GRAND PAPIER.

524. Œuvres de Colardeau, de l'Académie française. *A Paris*, 1779, 2 vol. in-8, portrait et fig. de Monnet, mar. r. fil. tr. dor. (*Rel. anc.*)

Un trou à la marge supérieure des pp. 273-321 du tome II.

525. Œuvres complètes de Mme de Grafigny (avec son théâtre). Nouvelle édition ornée de neuf gravures et du portrait de l'auteur. *Paris, Briand*, 1821, in-8, portrait et fig. de Le Barbier et Chasselat, demi-rel. v. granit.

Taches d'humidité.

526. Œuvres de Florian, de l'Académie française. Nouvelle édition, ornée d'un portrait et de 24 gravures. *Paris, Briand* (*de l'impr. de Rignoux*), 1823-1824, 13 vol. in-8, portr. et fig. demi-rel. cuir de Russie, non rog.

Exemplaire en GRAND PAPIER VÉLIN.

527. Lamartine. Mémoires inédits, 1790-1815. 1 vol. — Correspondance,

publiée par Mme Valentine de Lamartine, 6 vol. (tome I à VI inclus.) *Paris, Hachette*, 1870-1875. — Ens. 7 vol. in-8, br.

528. Théophile Gautier. Premières poésies. Les Jeunes-France, romans goguenards, suivis de contes humoristiques. Mademoiselle de Maupin. Portraits contemporains. *Paris, Charpentier*, 1873-1874, 4 vol. in-12, demi-rel. mar. olive jans. avec coins, tête dor.

529. Opere di Filippo Baldinucci, con annotazioni del sig. Domenico Maria Manni. *Milano*, 1808, 14 vol. in-8, portr. br.

Mouillures.

530. Ouvrages publiés par *Cazin, Londres et Genève*, 1777-1784. — Ens. 9 vol. in-18, v. ant. éc. tr. dor.

Poésies du marquis de La Farre. — Florian. Galatée. — Du contrat social par J.-J. Rousseau. — Œuvres mêlées du chevalier de Boufflers et du marquis de Villette. — Poésies de Sapho. — Mémoires du comte de Comminges. — David Simple, ou le Véritable Ami. 3 vol.

531. Bibliothèque gauloise. *Paris, Adolphe Delahays*, 1857-59, 6 vol. in-12, cart. perc.

Histoire maccaronique de Merlin Coccaïe. — Vies des dames galantes, par Brantôme. — Ph. Desportes. Œuvres poétiques. — Chronique de la Pucelle. — Œuvres de Tabarin. — Scarron. Virgile travesti.

532. Raretés bibliographiques. Collection d'anciens ouvrages français curieux en vers ou en prose, littéraires, facétieux, ou historiques et devenus rares, réimprimés et tirés à cent exemplaires seulement. *Genève, J. Gay*, 1861-1869, 83 vol. in-18, br.

Agathe ou la chaste princesse; Les Amours du filou et de Robinette; L'Amoureux passe-temps; Amusettes des grasses et des maigres; Sept petites nouvelles de Pierre Aretin: Avantures de l'abbé de Choisy; La Bataille fantastique; La Bulle d'Alexandre VI; Caquire; Le Carabinage; La Caribarye: Le Chauve-souris du sentiment; Le Chien après les moines; Les Citrons de Javotte; La Comtesse, comi-parade; Contes nouveaux et Nouvelles nouvelles en vers; Le Courrier extraordinaire; Les Délices de Verboquet; Deux sotties jouées à Genève; Discours entre les femmes desbraillées: Dissertation sur le mot cocu; Le Doux Entretien des bonnes compagnies; L'Enjollement; Les Entretiens de la grille; L'Escole de l'interest; Les Faictz merveilleux de Virgille; L'Infortune des filles de joye; La Fleur de poésie françoyse; La Friquassée crotestyllonnée; Les Gayetez de Ronsard; Le Grand Blason des faulces amours; Les Femmes à la mode; La Guerre des Masles; L'Heure du berger; Le Jeu des échecs; Le Livret des folastries; Le Lion d'Angély; La Louenge des femmes; Mignardises amoureuses; Bringuenarille; Nouveau Cabinet des muses gaillardes: Nouveau décret du manège; Nouveau entretien des bonnes compagnies; Nouveau Parnasse satirique; L'Occasion perdue et recouverte; La Papesse Jeanne; Le Papillon de Cupido; Pasiphaé; Passe-temps des mousquetaires; Le Petit Razoir des ornements mondains; La Petite Varlope; Philandre; Le Tableau des piperies; Plaidoyer de M. Freydier; Les Plaisantes Idées du sieur Mestanguet; Plaisantes journées de Favoral; Poésies diverses de François de Maynard; Polissonniana; Portrait des dames de Montpellier; Le Prêtre châtré; Priape, opera; Les Privilèges du cocuage; Pronostications; La pure vérité cachée; Rabelais ressuscité; Poésie française; Chansons du Savoyard; Recueil des pièces du temps; Remonstrances aux dames; Les Rencontres de Gratelard; Satyre ménippée; Le Sandrin; S'ensuyt plusieurs belles chansons nouvelles; De tribus impostoribus; Le Vagabond; Le Verpillion adultère; Le Voyage du Puys-Saint-Patrix; Voyages de Piron à Beaune.

533. Mélanges de la Société Philobiblion. *Londres, s. d.* (*Tirage à 100 exemplaires.*)

Lettre de M. de Marat qui contient le récit de ses transactions dans les différentes sciences où il a porté la lumière et la vérité.

Lettres de Mme de Maintenon à sa nièce Mme de Caylus.

Secret letter from the comte de Provence to the marquis de Favras. Intercepted letter from queen Marie-Antoinette to the emperor of Austria.

Lettre de Mesdames Marie, Adelaïde et Victoire à Louis XVI, 1796.

Interpretation of an important historical document in cipher by professor Wheatstone.

Letter from King John of France to his son Charles.

Morte dell' Uxoricida guido Franceschini decapitato.

534. Bibliothèque récréative, contes, lettres, dialogues, satires, facéties, écrits en français, ou traduits du latin, publiés par V. Develay. *Paris, Jouaust*, 1865-1873, 39 vol. in-32, br.

535. **Petite Bibliothèque de la curiosité ér... et galante**, ens. 6 vol. in-16, br.

Amandria ou Confessions de mademoiselle Sapho, avec la clef. *Lesbos*, 1778-1866. — Les Quatre Métamorphoses, poèmes par Nepomucène Lemercier. *Sur l'imprimé de Paris*, 1799, 1866. — Lupanie, histoire amoureuse de ce temps, 1668. Relation d'un voyage de Copenhague à Brême en vers burlesques, par Clément, 1676. *Leyde*, 1867. — Point de lendemain, conte par Vivant Denon, suivi de la Nuit merveilleuse. *Paris*, 1777. 1867. — Organt, poème en vingt chants par Saint-Just, avec la clef. *Au Vatican*, 1789. 1867, 2 vol.

536. **Keepsake américain.** Morceaux choisis et inédits de littérature contemporaine (par Béranger, Chateaubriand, Drouineau, V. Hugo, J. Janin, Alfr. de Musset, Nodier, Soulié, etc.). *New-York et Philadelphie et Paris*, 1831, in-12, fig. grav. demi-rel. bas.

Exemplaire très fatigué.

537. **L'Emeraude**, morceaux choisis de littérature moderne (par Balzac, de Chateaubriand, Delatouche, Descamps, Guiraud, V. Hugo, de Jailly, J. Janin, Lamartine, etc.). *Paris, Urbain Canel*, 1832, in-12, br. couverture impr.

Déchirure au faux titre ; mouillures.

538. **Quaritch's reprints of rare books.** *London, B. Quaritch*, 1884-85, 4 plaq. in-4, demi-rel. bas. r.

Vespucci (Amerigo) : Lettera delle isole nuovamente trovate in quattro suoi viaggi, (*Fiorenza*, 1505). — Vespucci (Amerigo) : Letter concerning the isles newly discovered in his four voyages, (*Florence*, 1505). — Parasole (Isabella catanea) studio delle virtuose dame. *Roma, Ant. Facchetti*, 1597. — Pagan (Matheo). La gloria et l'honore de ponti tagliati, e ponti in aere. *Venetia, M. Pagan*, 1558.

539. **Publications des textes orientaux.** *London, printed for the society, for the publication of oriental texts*, 1832-1848, 8 vol. in-4 et in-8, br. et cart.

1° San Kokf tsou ran to stets, ou Aperçu général des trois royaumes. Traduit de l'original japonais-chinois, par M. J. Klaproth.

2° Kumara Sambhava Kalidasæ carmen sanskrite et latine. Edidit Ad. Friedr. Stenzler.

3° Sanhita of the Sama Veda from mss. prepared for the press by the rev. J. Stevenson and printed under the supervision of H. H. Wilson.

4° Makhzan ul Asrar, the treasury of secrets : being the first of the five poems, or khamsah of shaikh Nizami, of Ganjah. Edited from an ancient manuscript with various readings and a selected commentary by Nathaniel Bland.

5° The Maha vira charita, or the history of Rama a sanscrit play by Bhatta Bhavabhutti. Edited by Francis Henry Trithen.

6° The festal letters of Athanasius discovered in ancient syriac version and edited by William Cureton.

7° Rigveda Sanhita, liber primus, sanskrite et latine edidit Fridericus Rosen.

8° Nipon o dai itsi ran, ou Annales des empereurs du Japon, traduites par M. Isaac Titsingh, accompagnées de notes, par M. J. Klaproth.

---

540. **Recueil manuscrit.** *S. l. n. d.*, in-fol. v. br.

Manuscrit contenant : 1° la copie d'une lettre anonyme apostillée par la reine Christine de Suède, et adressée à Bayle contre un article des Nouvelles de la République des lettres, dans lequel il parlait trop librement de cette princesse ; 2° l'Histoire du prince d'Orange, reconnu roi d'Angleterre, sous le nom de Guillaume III (cette histoire n'est pas publiée) ; 3° les Amants trahis, nouvelle espagnole.

L'histoire et le roman sont inédits et autographes, avec de nombreuses corrections de l'auteur.

541. **Bossuet.** Oraisons funèbres. Nouvelle édition, par Albert Cahen. 1 vol. — Nos Morts contemporains, par Emile Montégut (Béranger, Ch. Nodier, Alfr. de Musset, Alfred de Vigny). *Paris, P. Dupont et Hachette*, 1883-84. — Ens. 2 vol. in-12, br.

542. **Mélanges.** Réunion de 16 vol. de différents formats reliés et brochés.

P. Virgilii opera. *Amstelodami*, 1676, in-12, mar. vert, comp. tr. dor. (manque la carte). — Les Premières Œuvres de Philippe Desportes, *Avignon*, 1578, in-16. — Catalogue des tableaux de la galerie électorale à Dresde. *Dresde*, 1765, in-4. — Histoire de Marguerite d'Anjou, par l'abbé Prévost. *Amsterdam*, 1741, 2 vol. in-12. — Histoire de Tom Jones, traduction de Mr. Fielding par de La Place. *Genève*, 1782, 3 vol. in-12. — Contes moraux et nouvelles. Idylles de M. D... et Gessner. *Zurich*, 1773, in-12. — Œuvres de Regnard, *Paris*, 1787, 4 vol. in-12, br. — Recueil de poésies chrestiennes, par M. de La Fontaine.

Paris, 1671, in-12, v. — La Religion vengée. *Parme*, 1795, in-12, cart. — Daphnis et Chloé. *Genève*, 1777, in-18, br.

543. Réunion de 6 pièces diverses, dérеliées :

La Cassette verte de M. de Sartine, trouvée chez Mademoiselle du Thé (par Tikel). *La Haye*, 1779, in-8 de 71 pp. — Lettre de Madame Delaunay, appareilleuse, à M. Su..d (Suard) de l'Académie françoise. *S. l. n. d.*, 2 pp. in-8. — Cahier des plaintes et doléances des dames de la Halle et des marchés de Paris, rédigé au grand sallon des Porcherons, le premier dimanche de mai, pour être présenté à MM. les Etats-Généraux. *S. l.*, 1789, in-8, de 39 pp. — Requête adressée à monseigneur le duc d'Orléans par les demoiselles Delaunay, Latierce, Labacante et autres, pour obtenir l'entrée du Palais-Royal, qui leur a été interdite. *S. l. n. d.*, in-8 de 27 pp. — Complainte des filles auxquelles on vient d'interdire l'entrée des Thuilleries à la brune. *S. l. n. d.*, in-8, de 15 pp. — La Chemise de femme et correspondance galante trouvées dans l'oratoire de l'archevêque de Paris, par un séminariste. *Paris, J. Lefebvre*, 1830, br. in-8 de 14 pp.

544. Mélanges. Réunion de 11 vol. et brochures in-8 et in-12, rel. et br.

De l'autorité du souverain Pontife, par Fénelon. Traduction par M. L. F. Guérin, 1854, — Traité de l'élection du pape, par Jérôme Bignon, 1874. — De la seconde éducation des filles, par M. Nettement, 1868. — De la connoissance de Dieu et de soi-même, par Bossuet, 1741. — Rapport adressé au pape Pie IX, par le général Kanzler, sur l'invasion des Etats pontificaux à la fin de 1867. Traduit par d'Estouvelles, 1868. — Du toucher des écrouelles par les rois de France, par l'abbé Cerf. *Reims*, 1867. — Les Lois de la galanterie (1644). 1855. — Le Laz d'amour divin. 1833. — Lyon marchant. 1831. — Nugæ difficiles, par Chalon 1844. — Bigorne q̃ mange tous les hõmes q̃ font le cõmandement de leurs femmes. *S. l. n. d.*

545. Mélanges. Réunion de 7 vol. in-8, br. et 1 vol. in-12, relié.

Vie de Henri de France, par Lefranc, 1832. — Amante et mère, par P. L. (Paul (Lacroix) Jacob. 1839, 2 vol. (*taches*). — Comédies historiques, par Lemercier, 1828. — Le commandeur, nouvelle, 1850. — Maladies du siècle, par Ed. Alletz, 1836. — La Cité des hommes, par Ad. Dumas, 1835. — Preuves de la découverte du cœur de saint Louis.

546. Mélanges. Réunion de 58 brochures et volumes in-8, et in-4.

HISTOIRE

I. GÉOGRAPHIE. — VOYAGES.
HISTOIRE DES RELIGIONS. — HISTOIRE ANCIENNE

547. Atlas de Géographie. France, 75 cartes. Costes des mers, 78 cartes. Espagne et Pays orient. 65 cartes. *Amsterdam, apud Henricum Hondium*, 1627, 3 vol. in-fol. grandes cartes gravées et coloriées et montées sur onglets, mar. r. fil. comp. à la Du Seuil, tr. dor. (*Rel. anc.*)

Exemplaire aux armes du cardinal duc de Richelieu.

548. Voyage autour du monde publié sous la direction du contre-amiral Dumont d'Urville. *Paris, Furne*, 1848, 2 vol. gr. in-8, fig. demi-rel. chag. viol.

549. Voyage autour du monde par le comte de Beauvoir. *Paris, H. Plon, s. d.*, gr. in-8, cartes coloriées et gravées, fig. hors texte et vignettes, cart. de l'éditeur, tr. dor.

550. Observations curieuses sur le voyage du Levant, fait en M. D. C. XXX, par MM. Fermanel, Fauvel, Baudoin et Stochove. *A Rouen, chez la Vve d'Antoine Ferrand*, 1668, in-4, carte, v. marb. fil. tr. dor.

551. Notes d'un voyage dans l'ouest de la France, par Prosper Mérimée. *Paris, Fournier*, 1836, in-8, demi-rel. v. viol.

Envoi autographe de l'auteur non signé. Les planches manquent.

552. Voyage pittoresque en Espagne, en Portugal et sur la côte d'Afrique, de Tanger à Tétouan, par le baron J. Taylor. *Paris, A. F. Lemaître*, 1860, 3 vol. in-4, dont 1 de texte, et 2 de pl. cart.

553. Voyages faits principalement en Asie, dans les XIIe, XIIIe, XIVe et XVe siècles' par Benjamin de Tudele, Jean du Plan, Carpin, H. Ascelin, Guill. de Rubruquis, Marc-Paul, Haiton, Jean de Mandeville et Ambroise Cantarini, accompagnés de l'histoire des Sarasins et des Tartares et précédez d'une introduction, par Pierre Bergeron. *La Haye, Jean Neaulne*, 1735, 2 vol. in-4, cartes et fig. v. f. ant. fil.

La reliure est fatiguée. Elle porte sur le dos les armes de CHARLES DE ROHAN, PRINCE DE SOUBISE.

554. Collection portative de voyages traduits de différentes langues orientales et européennes, ornée de gravures, avec des notes géographiques, littéraires, etc., par L. Langlès. *Paris, Crapelet, an V* (1797)-1820, 6 vol. in-18 et atlas pet. in-4, v. rac. fil. tr. marb.

De l'Inde à la Mekke, 1 vol. et 2 fig. de Duplessis-Bertaux et Hilair; — De la Perse dans l'Inde et du Bengal en Perse, 2 vol. et 2 fig. de Hilair; — Voyage pittoresque de l'Inde, 2 vol ; — Chez les Mahrates, 1 vol. et 1 fig. coloriée.

Exemplaire en papier vélin, figures AVANT LA LETTRE.

555. Notice sur le voyage de M. Lelorrain en Egypte, et observations sur le zodiaque circulaire de Denderah, par M. Saulnier fils. *Paris*, 1822, in-8, carte, demi-rel. v. ant. non rogné.

556. Voyage d'exploration à la mer Morte, à Petra et sur la rive gauche du Jourdain, par M. le duc de Luynes. Œuvre posthume publiée par ses petits-fils, sous la direction de M. le comte de Vogüé. *Paris, Arth. Bertrand, s. d.*, 2 tomes en 3 vol. in-4, planches, br.

557. Lettre de Christophe Colomb sur la découverte du Nouveau Monde, publiée d'après la rarissime version latine conservée à la Bibliothèque impériale, traduite en français, commentée et enrichie de notes, par Lucien de Rosny. *Paris, J. Gay*, 1865, in-8 de 44 pp. demi-rel. mar. r. jans. avec coins, doré en tête, non rogné. (*Allô.*)

Exemplaire sur papier jonquille.

558. Vespucci (Amerigo). Son caractère, ses écrits (même les moins authentiques), sa vie et ses navigations, par A. de Varnhagen. *Lima, impr. du Mercurio*, 1865, 120 pp. 1 carte. — Le Premier Voyage de Amerigo Vespucci, définitivement expliqué dans ses détails. (*Vienne, Gérold*, 1869), v et 50 pp. — Nouvelles Recherches sur les derniers voyages du navigateur florentin... (*Vienne, Gérold*, 1870), 57 pp. fac-similé de la carte du Ptolémée de 1513. — In-fol. cart. perc.

559. Travels in the Philippines, by F. Jagor. *London, Chapman*, 1875, in-8, carte, fig. cart. perc.

---

560. Histoire orientale des grans progrès de l'église cathol. apost. et rom. en la réduction des anciens chrestiens, dits de S. Thomas, de plusieurs autres schismatiques et hérétiques à l'union de la vraye église, par les bons devoirs de don Alexis de Meneses, archevesque de Goa. Composée en langue portugaise par le R. P. F. Ant. Govea et puis mise en espagnole par Fr. Munoz et tournée en français, par F. J.-Bapt. de Glen. *En Anvers, par H. Verdussen*, 1609, 2 parties en 1 vol. pet. in-8, parchemin.

Piqûres de vers, taches de rouille.

561. G. Budæi Parisiensis de transitu hellenismi ad christianismum, libri tres. *Parisiis, ex officina Rob. Stephani*, 1535, in-fol. v. brun ant. comp. à froid.

562. Histoire universelle de l'église catholique, par l'abbé Rohrbacher, continuée jusqu'en 1866, par J. Chantrel, suivie d'une table générale, entièrement refondue par Léon Gauthier et d'un atlas historique spécialement dressé pour l'ouvrage par A. H. Dufour. *Paris, Gaume fr. et J. Duprey*,

1864-1867. — Ens. 16 vol. in-8, texte à 2 col. demi-rel. chag. noir et atlas in-fol. demi-rel. chag. brun.

563. Theodoriti episcopi Cyrensis rerum ecclesiasticarum libri quinque conversi in latinum a Joachimo camerario Pabergensi. Catalogi episcoporum in præcipuis ecclesiis et Cæsarum, atqz aliquot orthodoxorum, nec non sectarum præcipuarum illius temporis historiola, eodem autore. *Basileæ, apud Joan. Hervagium, anno* 1536, 6 ff. prélim. non chiffrés pour la table et 180 pp. chiffrées — Pauli Orosii versus paganos historiarum libri septem, sedulo restituti. *S. l. Eucharius Cervicornus excudebat, anno* 1536, 10 ff. prélim. non chiffrés et 142 pp. chiffrées, titre gravé, lettres ornées, — B. Platinæ de vita et moribus summorum pontificum historia cui aliorum omnium, qui post Platinam vixerunt ad hæc usque tempora, pontificum res gestæ sunt additæ. Cum indice rerum ac pontificum. Ejusdem de falso et vero bono dialogi tres. Panegyricus in Bessarionem patriarcham Constantin. Oratio ad Paulum II, pon. max. *S. l.* (*Coloniæ*), *ex officina Eucharii Cervicorni*, 1529, 6 ff. prélimin. non chiffrés, 284 pp. chiffrées, plus 30 ff. non chiffrés, titre gravé. — Ens. 3 ouvr. en 1 vol. in-fol. ais de bois, dos recouvert en peau de truie.

564. Sancta et metropolitana ecclesia Turonensis, sacrorum pontificum suorum ornata virtutibus et conciliorum institutis decorata, Victoris Le Bouthillier archiepiscopi gratia et studio ac opera M. Joan. Maan. *Augustæ Turonum, in ædibus authoris*, 1667, 2 parties en 1 vol. in-fol. v. ant. granit.

565. Essai sur les énervés de Jumièges et sur quelques décorations singulières des églises de cette abbaye, suivi du Miracle de sainte Bautheuch, publié pour la première fois par E. Hyacinthe Langlois. *Rouen, Edouard Frère*, 1838, in-8, front. demi-rel. mar. viol. avec coins, fil. tête dor. ébarbé.

Un des 40 exemplaires tirés sur GRAND PAPIER JÉSUS VÉLIN.

566. Histoire de l'église de Brou, par Jules Baux. *Lyon, Bauchu*, 1854, in-8, fig. lithogr. demi-rel. mar. La Vall. avec coins, tête dor. ébarbé.

567. L'Auguste Basilique de l'abbaye royale de Sainct Arnoul de Mets, de l'ordre de Sainct Benoict, par André Valladier. *Paris, P. Chevalier*, 1615, in-4, tableau, v. ant. granit.

568. Mémoires du cardinal Consalvi, avec une introduction et des notes par J. Crétineau-Joly. *Paris, H. Plon*, 1866, 2 vol. in-8, fig. fac-similés, br.

569. Mystères de l'inquisition et autres sociétés secrètes d'Espagne, par M. V. de Féréal. *Paris, B. Boizard*, 1846, in-8, fig. demi-rel. chag. bleu.

Taches d'humidité.

570. Vies de quatorze prêtres de l'Oratoire. In-fol. v. br.

MANUSCRIT de 253 feuillets sur papier fort réglé.
Ce manuscrit, d'une belle écriture du XVIIe siècle, est inédit. Il contient la vie des premiers prêtres de la congrégation de l'Oratoire, fondée en 1561.

571. Approbation et confirmation par le pape Léon X des statuts et privilèges de la confrérie de l'Immaculée Conception, dite académie des Palinods, instituée à Rouen. Publié d'après une édition gothique du XVIe siècle avec une notice historique et bibliographique par Édouard Frère. *Rouen, impr. de H. Boissel, chez Aug. Le Brument*, 1864, in-8, br.

Publication de la Société des bibliophiles normands.

572. Notre-Dame de Refuge (ordre de). Satuts (*sic*) et constitutions sur la règle de Saint Augustin pour l'ordre de notre Dame de Refuge. Dressée, par l'hotorité de Mgr Nicolas François, cardinal de Lorraine euesque et comte de Toul. A Lusage de sœur Marie de Sainte-Rose Dumay. *S. l. n. d.*, in-4, parch.

MANUSCRIT composé de 348 pages.
Il ne porte ni lieu ni date, mais doit être du XVIIe siècle et probablement écrit à Toul. Les *Dames du Refuge*, destinées surtout à recevoir les pécheresses repentantes, furent fondées par Marie-Élisabeth-de-la-Croix-de-Jésus, à Toul, en 1631. Plus tard, elles eurent une succursale à Nancy.

573. Histoire de saint Vincent de Paul, par M. l'abbé Orsini, illustrée de vignettes d'après Karl Girardet, Leloir, Meissonier, Staal. *Paris, V. Lecou*, 1852, gr. in-8, fig. demi-rel. chag. vert. plats toile, tr. dor.

574. Histoire de sainte Elisabeth de Hongrie, duchesse de Thuringe (1207-1231), par le comte de Montalembert. *Paris, Sagnier et Bray*, 1854, gr. in-8, fig. br.

575. Histoire du Père La Chaize, jésuite et confesseur du roi Louis XIV. *A Bruxelles, chez Henry Kistemaeckers*, 1719-1884, 2 vol. in-8, br.

576. Vie de Mgr Dupanloup, évêque d'Orléans, par M. l'abbé F. Lagrange. *Paris, Poussielgue*, 1883, 3 vol. in-8, br.

577. Les Livres des miracles et autres opuscules de Georges Florent Grégoire, évêque de Tours, revus et collationnés sur de nouveaux manuscrits et traduits pour la Société de l'histoire de France, texte et traduction par H. L. Bordier. *Paris, J. Renouard*, 1857. 1864, 4 vol. in-8, demi-rel. chag. viol. tête dor. ébarbé.

578. Miracle advenu aux Andelys par l'intercession de sainte Clotilde, réimpression fac-similé d'une relation du XVIIe siècle, précédée d'un abrégé de la vie de sainte Clotilde, et de notes sur ses légendes, ses miracles, son culte en Normandie, par Ch. Lormier. *Rouen, Lanetin*, 1870, pet. in-8, papier de Hollande, demi-rel. mar. viol. tête dor. ébarbé. (*Thivet*.)

Tiré à petit nombre.

579. Dictionnaire infernal, par J. Collin de Plancy. *Paris, Mellier*, 1844, gr. in-8, texte à 2 col. demi-rel. chag. grenat.

580. Histoire du Calvinisme et celle du Papisme mises en parallèle. *A Rotterdam, chez Reinier Leers*, 1683, 2 vol. in-4, v. ant. marb.

Par M. Jurieu, célèbre ministre protestant, né à Mers, à 4 lieues de Blois. Exemplaire aux armes de la MARQUISE DE POMPADOUR.

---

581. Discours sur l'histoire universelle, par J.-B. Bossuet, précédé d'une notice littéraire par M. Tissot. *Paris, L. Curmer, s. d.* (1839), 2 vol. gr. in-8, front. en chromolithographie, pl. gr. sur acier, demi-rel. chag. viol. tr. dor.

Quelques taches de rouille.

582. Pierre Dufour (Paul Lacroix). Histoire de la prostitution chez tous les peuples du monde, depuis l'antiquité la plus reculée jusqu'à nos jours. 8 vol. fig. — Mémoires curieux sur l'histoire des mœurs et de la prostitution en France aux XVIIe et XVIIIe siècles. 2 vol. *Bruxelles*, 1861. — Ens. 10 vol. in-12, br.

583. Histoire de la prostitution chez tous les peuples du monde, depuis l'antiquité la plus reculée jusqu'à nos jours, par Pierre Dufour (Paul Lacroix). *Bruxelles, J. Rozez*, 1861, pet. in-8 carré, figure ajoutée, demi-rel. mar. r. jans. avec coins, doré en tête, non rogné.

Tome VIII.

584. Histoire grecque, par L. Petit de Julleville. — Histoire romaine, par Eug. Talbot. *Paris, Alph. Lemerre*, 1875, 2 vol. pet. in-12, cart. perc. v.

585. Discorso della religione antica de Romani, insieme un altro discorso della castrametatione et disciplina militare, bagni et essercitij antichi di detti Romani, composti in franzese dal S. Gugliel. Choul et tradotti in toscano da M. Gabriel Simeoni, illustrati di medaglie et figure. *In Lione, appresso G. Rouillio*, 1569, in-4, fig. sur bois, parchemin.

586. Les Courtisanes de l'ancienne Rome, par Paul Lacroix, avec un avant-propos. *Bruxelles, Aug. Brancart*, 1884, pet. in-8, br.

587. Monumenti per servire alla storia degli antichi popoli italiani raccolti espositi e publicati da Giuseppe Micali. Seconda edizione. *Firenze*, 1833, in-fol. 120 planches gravées, demi-rel. bas. bleue.

588. Die Alten Völker Oberitaliens. Eine ethnologische Skizze von Carl Freiherrn von Czœrnig. *Wien, Alfr. Hölder*, 1885, in-8, br.

589. Entreveues de Charles IV empereur, de son fils Venceslaus roy des Romains, et de Charles V roy de France, à Paris l'an 1378 ; et de Louis XII roy de France et de Ferdinand roy d'Arragon, à Savonne l'an 1507. Discours sur l'origine des roys de Portugal, yssus en ligne masculine de la maison de France, etc., par E. Godefroy. *A Paris, chez Pierre Chevalier*, 1614, in-4, v. ant. gran.

A la suite de cet ouvrage se trouve relié : Les Généalogies de soixante et sept très nobles et très illustres maisons, partie de France, partie estrâgeres, yssues de Mérovée, fils de Théodoric II roy d'Austrasie, Bourgongne, etc., avec le blason et déclaration des armoiries que chacune maison porte, par R. P. Estienne de Cypre, de la royale maison de Lusignan. *A Paris, chez Guill. Lenoir*, 1586, in-4.

590. Recueil des historiens des Croisades, publié par les soins de l'Académie des inscriptions et belles-lettres. — Historiens occidentaux, 3 tomes en 4 vol. — Document arménien (tome I), 1 vol. *Paris, Impr. royale*, 1844, *Impr. impériale*, 1859-1869. — Ens. 5 vol. in-fol. carte, br.

591. Adolphi Brachelii historiarum nostri temporis, editio ultima in duas partes divisa et continuata in annum 1654, diversis variorum principum et virorum illustrium figuris exornata. Adjuncti in fine articuli pacis inter Anglos et Belgas. *Amstelodami, apud Jacob van Meurs*, 1659, 3 parties en 1 vol. in-12, front. portraits, bas. ant.

Court de marges, quelques déchirures dans le texte.

II. HISTOIRE DE FRANCE

1. *Histoire générale et particulière sous chaque règne.*

592. L'Empire françois, ou l'Histoire des conquestes des royaumes et provinces dont il est composé... par Laurens Turquoys, mis en lumière par L. Turquoys son fils. *Orléans, Gilles Hotot*, 1651, in-fol. bas. ant.

593. Dictionnaire des communes de la France, par Ad. Joanne. *Paris, L. Hachette*, 1844, fort vol. in-8, texte à 2 col. demi-rel. chag. bleu, plats toile.

594. Recueil des historiens des Gaules et de la France (latin et français). Nouvelle édition, publiée sous la direction de M. Léopold Delisle. *Paris. Victor Palmé*, 1874, 2 vol. gr. in-fol. texte à 2 col. br.

Tomes IX et X.

595. Traicté de l'estat et origine des anciens François, par Nicolas Vignier. de Bar-sur-Seine, docteur en médecine. *Troyes, Cl. Garnier*, 1582, in-4, 59 ff. non chiff. vél.

Seconde édition de cet ouvrage curieux.
Piqûre de vers dans la marge supérieure traversant tout le volume.

596. Histoire de l'établissement des Français dans les Gaules, par le président Hénault. In-fol. v. f. ant.

MANUSCRIT composé de 334 feuillets, plus XVII feuillets de table.
Cet ouvrage, écrit vers l'année 1738, n'a été imprimé qu'en 1801, par les soins de Sérieys et d'après ce manuscrit original. Les corrections, annotations, sommaires, etc., sont de la main de l'éditeur, Ant. Sérieys.

597. Histoire de France, par Henri Martin. *Paris, Furne*, 1844-1851, 17 vol. in-8, demi-rel. chag. viol. tr. jasp.

598. Histoire de France, par Victor Duruy, nouvelle édition illustrée d'un grand nombre de gravures et de cartes géographiques. *Paris, Hachette*, 1876, 2 vol. in-12, demi-rel. chag. vert, plats toile, tr. dor.

599. Histoire ecclésiastique des Francs, par George-Florent Grégoire, évêque de Tours, en dix livres; revue sur de nouveaux manuscrits et traduite par MM. J. Guadet et Taranne. (texte et traduction). *Paris, Renouard*, 1836-38, 4 vol. in-8, demi-rel. chag. viol. foncé, tête dor. ébarbé.

600. Le Premier Volu||me de Enguerran de Monstrel||let Ensuyvāt froissart : Aveczq les || grandes croniques des roys de France Loys XI de ce nom (par Jean de Troy) et || Charles VIII son filz (par Pierre Desray), des papes regnās en leur temps, et plu||sieurs aultres nouvelles choses advenues en Lombardie... le || tout fait et adjousté aveczq la cronique dudit de Monstrellet. || *L'an de grace mil V cens et XII le IIII jour de décembre pour Jehan petit et Michel le noir, libraires jurez en luniversité de Paris*, petit in-fol. car. goth. texte à 2 col. v. f.

Édition rare.

601. De Origine et atavis Hugonis Capeti, illorumque cum Carolo Magno Clodoveo atque antiquis Francorum regibus, agnatione et gente Matthæi Zampini. *Parisiis, apud Th. Brumensium*, 1581. — Alphonsi Delbenei episcopi de gentis ac familiæ Hugonis Capeti origine, justoque progressu ad dignitatem regiam. *Lugduni apud Theobald. Ancelin*, 1595, 2 ouvr. en 1 vol. in-8, tableau, mar. r. fil. (*Rel. anc. fatiguée.*)

Le titre du premier ouvrage porte le chiffre de Peiresc.

602. Saint Louis, par H. Wallon. *Tours, A. Mame*, 1878, gr. in-8, nombreuses chromolithographies, fac-similés, planches, vignettes, demi-rel. mar. r. avec coins, dos orné, fil. tête dor. non rog. (*Mame.*)

603. Histoire de Charles VI, roy de France, escrite par les ordres et sur les mémoires et les avis de Guy de Monceaux et de Philippes de Villette, abbez de St-Denys, par un autheur contemporain, religieux de leur abbaye. Traduite sur le manuscrit latin, par Mre J. Le Laboureur. *Paris, Louis Billaine*, 1663, 2 vol. pet. in-fol. portrait, bas. ant.

Mouillures au tome Ier.

604. Histoire des choses mémorables advenues en France, Italie, Allemagne et Pays-Bas, sous Louis XII et François Ier, de 1500 à 1521, par Rob. de La Mark, seigneur de Fleuranges et de Sedan, maréchal de France. *S. l. n. d.*, in-fol. v. f. fil.

Manuscrit composé de 172 ff.

Robert de La Mark ayant été fait prisonnier à la bataille de Pavie, en 1525, fut conduit au château de l'Écluse, en Flandre, où il composa cette histoire, qui est celle de sa vie, sous le titre du *Jeune Adventureux*.

605. Histoire du chevalier Bayard, lieutenant général pour le roy au gouvernement de Dauphiné, etc. (par Th. Godefroy). *A Paris, chez Abr. Pacard*, 1616, in-4, bas. armoiries sur les plats, fil.

Mouillures.

606. La Très joyeuse, plaisante et récréative Histoire du gentil seigneur de Bayart, composée par le Loyal Serviteur, publiée pour la Société de l'histoire de France, par M. J. Roman. *Paris, Renouard*, 1878, in-8, br.

607. Les Mémoires de mess. Martin du Bellay, seigneur de Langey, contenans le discours de plusieurs choses advenues au royaume de France, depuis l'an MDXIII, jusques au trespas du roy François premier, ausquels l'autheur a inséré trois livres et quelques fragmens des ogdoades de mess. Guillaume du Bellay. *Paris, P. L'Huillier*, 1572, in-fol. mar. r. tr. dor. (*Rel. anc. fatiguée.*)

Bel exemplaire en GRAND PAPIER RÉGLÉ.

608. Journal d'un bourgeois de Paris sous le règne de François Ier (1515-

1536), publié pour la Société de l'histoire de France, d'après un manuscrit inédit de la Bibliothèque impériale par Ludovic Lalanne. *Paris, Jules Renouard*, 1854, in-8, demi-rel. mar. vert, fil. tête dor. ébarbé.

609. La Description et ordre du camp et festiemt et joustes des trés chrestiens et trespuissās Roys de France et Dangleterre lā mill CCCCC et vingt au moys de iuing. *Paris, Aubry*, 1864, in-12 de 23 pp. demi-rel. mar. or. avec coins, dos fleurdelisé, fil. tête dor. ébarbé. (*Allô.*)

Exemplaire sur papier vélin teinté, avec 2 portraits (François Ier et Henri VIII), par Harrewyn ajoutés.

610. Mémoires de messire Jean de Laval, comte de Chateaubriant, écrits par lui-même, en 1538, et publiés pour la première fois, avec un avant-propos. *S. l. (Genève), impression spéciale faite pour la bibliomaniac society*, 1868, in-12, br.

611. Recueil de lettres royaux et de chancellerie, des commissions, instructions, etc., du temps de Henri II, de Charles IX, Henri III et Henri IV, in-fol. de 250 ff. v. br.

Manuscrit du xvie siècle, contenant une foule de pièces importantes pour l'histoire de France. Nous citerons seulement les suivantes :

Vérification du domaine, adressée à Henri II. On trouve dans ce document de vingt feuillets la liste des duchés, comtés, seigneuries et villes de toutes les généralités de la France, appartenant au domaine de la Couronne, soit d'ancienneté, soit par confiscations, acquisitions et alliances.

Différentes instructions pour exécuter l'édit de pacification de 1577 et mettre fin aux troubles civils.

Pouvoirs a M. d'O, au duc de Mercœur, à MM. de Rufey et de Rambouillet, pour les gouvernements de Normandie, de Bretagne, du Bourbonnais et de Metz.

612. Mémoires de feu M. le duc de Bouillon à son fils, contenant l'histoire de sa vie. *S. l. n. d.*, in-fol. vélin vert.

Manuscrit composé de 95 feuillets.

Henri de la Tour d'Auvergne, duc de Bouillon, père du vicomte de Turenne, naquit en 1555 et mourut le 25 mars 1628. Il écrivit l'histoire de sa vie en 1609, pour l'instruction de son fils aîné, Frédéric Maurice, né en 1605.

613. De Furoribus gallicis, horrenda et indigna amirallii castillionei, nobilium atque illustrium virorum cœde, scelerata ac inaudita piorum strage passim edita per complures Galliæ civitates, sine ullo discrimine generis, et conditionis hominum vera et simplex narratio. Ern. Varamundo Frisio auctore. *Edimburgi*, 1573, pet. in-4, mar. r. large dent. sur les plats, tr. dor. (*Rel. anc.*)

Exemplaire réglé. Pièce curieuse attribuée également à Fr. Hotman et à Hubert Languet.

614. Registre des lettres écrites au roi et a la reine mère par le marquis de Pisany, ambassadeur à Rome (1586-1588). *S. l. n. d.*, in-fol. de 176 feuillets, parch.

Manuscrit important et *original* commençant au 26 août 1586, à l'époque de la guerre civile dite *des trois Henri*, et finissant par la première partie d'une dépêche adressée au roi. Cette dernière lettre paraît avoir été interrompue à la nouvelle de la journée des Barricades (12 mai 1588), qui obligea Henri III à sortir de Paris, où il ne rentra plus.

615. Histoire de Henri IV, roi de France et de Navarre, par Ed. de La Barre Duparcq. *Paris, Em. Perrin*, in-8, portrait, br.

616. Registre des dépêches adressées par M. de Villeroy aux ambassadeurs français en Angleterre et à Bruxelles, etc. (1605-1606) (par de Buzenval, ambassadeur en Hollande). *S. l. n. d.*, in-fol. parch.

Manuscrit composé de 142 feuillets.

Dépêches originales de Paul Choart de Buzenval, mort ambassadeur en Hollande l'an 1607, après avoir exercé cette charge pendant dix ans.

617. Mémoires de François du Val, marquis de Fontenay-Mareuil, maréchal de camp, ambassadeur en Angleterre, l'an 1626, et à Rome de 1641-1647 (1598-1647), 2 vol. in-fol. v. ant. marb. (*Aux armes de Villeneuve de Vence.*)

Manuscrit composé de 1105 pages.

Ces mémoires ont été imprimés pour la première fois dans la collection de Petitot;

mais ce manuscrit contient, dans le second volume, *plusieurs parties inédites*, écrites sur les 65 derniers feuillets : 1° des Notes du duc de Saint-Simon sur les Mémoires qui lui avaient été communiqués en 1753. — 2° Six lettres du comte de Soissons au Roi et au cardinal de Richelieu, en 1640 et 1641. — 3° Cent soixante-douze lettres du cardinal de Richelieu au Roi, à la Reine, au duc d'Orléans, au prince de Condé, à des dames, à des seigneurs et à ses parents. — 4° Avis divers sur des sujets de politique adressés au cardinal de Richelieu, de 1631 à 1633, par ses agents à l'étranger et à l'intérieur. — 5° Et enfin, une lettre adressée au cardinal, en avril 1636 au nom de la noblesse du Dauphiné.

Les armoiries du second volume ont été découpées et enlevées.

618. Mémoires de MM. de Montrésor et de Fontrailles (1631-1642) et autres pièces. *S. l. n. d.*, in-fol. v. br.

Manuscrit composé de 353 feuillets.

Les Mémoires de Montrésor et de Fontrailles sont suivis des *Défenses de M. de Beaufort*, d'une *lettre du Roi à la Reine Christine de Suède*, au sujet de l'insulte faite à Rome, le 20 août 1662 au duc de Créqui, ambassadeur de France ; d'un *Mémoire de ce qui s'est passé dans les lits de justice jusqu'en* 1663, et d'un *traité sur les légats en France, 12 avril* 1664.

D'amples additions forment une seconde partie, qui contient : *Mémoire sur la préséance des cardinaux*. — *Raisons pour les princes du sang contre les princes légitimés* (vers 1718). — *Mémoire pour les ducs et pairs*, 1721. — *Mémoire sur la pairie*, 1765.

619. Mémoires de M. de Montrésor (1631-1642). *S. l. n. d.*, in-fol. cart.

Manuscrit composé de 202 pages contenant les mémoires de M. de Bourdeilles, comte de Montrésor, tels qu'il les a composés. Il diffère en plusieurs endroits des Mémoires imprimés qui ont été classés dans un autre ordre et augmentés de documents ne faisant point partie de l'ouvrage de Montrésor.

620. Mémoire du comte de Brienne, ministre secrétaire d'Estat. *S. l. n. d.*, in-fol. vél. vert.

Manuscrit composé de 97 feuillets renfermant le récit des événements les plus remarquables du règne de Louis XIII et de Louis XIV, jusqu'à la mort du cardinal de Mazarin, composé pour l'instruction de ses enfants.

621. Mémoires de Mme de Motteville, pour servir à l'histoire d'Anne d'Autriche, par M. l'abbé J. Cognat. *Paris, Alph. Pigoreau, s. d.*, 2 tomes en 1 vol. in-8, portr. et fig. cart. perc. tr. dor.

622. Histoire du mareschal de Guebriant,... par Jean Le Laboureur. *Paris, P. Lamy*, 1656, in-fol. front. et portrait, bas. ant. éc.

On a relié à la suite de cet ouvrage l'opuscule suivant du même auteur : Histoire généalogique de la maison de Budes. *Paris*, 1656, fig. de blasons.

Raccommodage au titre du premier ouvrage.

623. Benj. Prioli ab excessu Ludovici XIII de rebus gallicis historiarum libri XII. *Ultrajecti, apud Petrum Elzevirium*, 1569 (1669), in-12, mar. r. fil. front. gravé, tr. dor.

624. Mémoires complets et authentiques du duc de Saint-Simon, sur le siècle de Louis XIV et la Régence, publiés pour la première fois sur le manuscrit original par M. le marquis de Saint-Simon. *Paris, A. Sautelet*, 1829-1830, 21 vol. in-8, demi-rel. chag. r. avec coins, fil.

Double de la bibliothèque de la ville de Lyon.

625. Histoire des derniers troubles de France, depuis 1642, jusqu'en 1652. *S. l. n. d.*, in-fol. cart.

Manuscrit composé de 98 feuillets, d'une belle écriture ronde, important pour l'histoire de la Fronde, dont quelques parties sont inédites. Il est divisé ainsi qu'il suit : Brigues pour le gouvernement. — Guerre de Paris. — Retraite du duc de Longueville en Normandie. — Prison des princes. — Ce qui se passa jusqu'à la guerre de Guyenne. — Guerre de Guyenne et la dernière guerre de Paris. — Lettre du cardinal Mazarin à M. de Brienne. — Articles dont S. A. R. et le prince de Condé sont convenus pour l'expulsion du cardinal Mazarin hors du royaume. — Apologie du duc de Beaufort.

626. Mascarades et farces de la Fronde en 1649. *Turin, chez J. Gay et fils*, 1870, in-12, br.

Réimpression textuelle de quelques mazarinades très rares.

Un des 10 exemplaires sur grand papier, format petit in-8.

627. Correspondance du prince de Condé et du maréchal de Turenne, avec

Louis XIV et Louvois pendant la campagne de Hollande (1672). *S. l. n. d.*, in-fol. cart.

MANUSCRIT composé de 211 feuillets.

Précieux recueil d'une belle écriture du XVIIIe siècle contenant la copie de toutes les lettres échangées par Turenne et le grand Condé avec Louis XIV et Louvois, depuis le 18 mai 1672 jusqu'au 29 décembre suivant. Cette correspondance, dans laquelle on trouve plusieurs lettres du roi et de son ministre de la guerre, est d'une très haute importance pour notre histoire militaire, car elle fournit un récit authentique et circonstancié d'une des plus mémorables campagnes de Louis XIV. Ces lettres ont aussi quelquefois un intérêt anecdotique fort curieux.

628. MÉMOIRE DU MARQUIS DE DANGEAU (1684-1720) ; 6 vol. in-fol. de 2100 feuillets, avec 1 vol. de tables de 338 ff. — Ens. 7 vol. v. br.

MANUSCRIT DES MÉMOIRES DE DANGEAU composé d'extraits fort étendus où rien d'important n'a dû être omis ; car il a été fait pour l'usage du président Hénault, et sans doute d'après ses indications. De nombreuses notes, écrites de sa main et de celle d'un secrétaire ont été ajoutées sur les marges.

La seconde moitié du sixième volume contient, 1° des fragments d'une continuation de Dangeau, années 1720 et suivantes : 2° le procès-verbal de ce qui s'est passé au Parlement, du 23 août 1731 au 11 décembre 1732. Ces fragments historiques, dont le président Hénault est l'auteur, présentent de nombreuses corrections autographes.

Les tables alphabétiques, qui forment le tome VII, facilitent les recherches dans ces volumineux mémoires. En effet, on trouve l'indication de tous les faits qui se rapportent à chaque personnage cité par Dangeau, groupés en un seul article et par ordre chronologique.

629. Extraits des Mémoires de Dangeau, avec des notes du duc de Saint-Simon. *S. l. n. d.*, in-4 de 180 feuillets en 1 portefeuille, v. marb.

MANUSCRIT comprenant les extraits faits en 1761, par les soins de Le Drau, premier commis des affaires étrangères pour le duc de Choiseul.

630. Portraits du grand siècle par Ch. L. Livet. — Madame de Sévigné historien, le siècle et la cour de Louis XIV, par F. Combes. *Paris, E. Perrin*, 1885, 2 vol. in-8, br.

631. La Régence, portefeuille d'un roué publié par Roger de Parnes avec préface par Georges d'Heylli. *Paris, Ed. Rouveyre*, 1881, in-8, frontispice, br.

632. Médailles du règne de Louis XV, par Godonnesche. *S. l. n. d.*, in-4, titre, front. et 54 planches gravés, cuir de Russie, dent. sur les plats.

Mouillures.

633. Correspondance complète de Madame, duchesse d'Orléans, née princesse palatine, mère du régent. Traduction entièrement nouvelle par M. G. Brunet. *Paris, Charpentier*, 1855, 2 vol. in-12, br.

634. Lettre de Louis XIV à Louis XV. *S. l. n. d.*, in-fol. v. éc. fil. tr. dor.

MANUSCRIT du siècle dernier composé de 547 pages.

Cette lettre, dont l'auteur est inconnu, est dirigée contre le gouvernement de l'État sous Louis XV, et spécialement contre le cardinal Fleury et les jésuites.

635. Gazette anecdotique du règne de Louis XVI, portefeuille d'un talon rouge publié par Roger de Parnes, avec préface par Georges d'Heylli. *Paris, Ed. Rouveyre*, 1881, in-8, papier de Hollande, frontispice gravé, br.

636. Le Porte-feuille de Mme Gourdan dite la Comtesse, pour servir à l'histoire des mœurs du siècle, et principalement de celles de Paris. *A Londres, chez Jean Nourse*, 1783, pet. in-8 de 64 pp. cart. perc. non rog.

637. Les Ruelles du XVIIIe siècle, par Léon de Labessade, préface par Alexandre Dumas fils. Deuxième partie. *Paris, Ed Rouveyre*, 1879, in-8, front. br.

638. Le Philosophe cynique, pour servir de suite aux anecdotes scandaleuses de la cour de France (par Ch. Théveneau de Morande). *Imprimé dans une isle qui fait trembler la terre ferme* (*Londres*), *s. d.* 2 parties en 1 vol. in-8, demi-rel. chag. vert.

Épître dédicatoire aux chœurs de l'Opéra. — Nouvelles de l'Opéra, vestales et matrones, pp. 1-34. — Nouvelles énigmatiques, pp. 35-73. — Nouvelles transparentes, pp. 74-93.

639. Histoire de la Révolution française, par M. A. Thiers. *Paris, au bureau des publications illustrées*, 1839, 4 vol. gr. in-8, portraits et fig. demi-rel. bas. verte. fil.

640. Histoire de la Révolution française, par Poujoulat. *Tours, A. Mame*, 1857, in-8, portr. et fig. demi-rel. chag. La Vall. tr. dor.

641. L'Esprit révolutionnaire avant la Révolution 1715-1789, par Félix Rocquain. *Paris, E. Plon*, 1878, in-8, br.

642. Stanilas Maillard, l'homme du 2 septembre 1792, notice historique sur sa vie, etc., publiée par Alex. Sorel. *Paris, A. Aubry*, 1862, in-12 de 58 pp. fac-similé, demi-rel. mar. r. tête dor.

643. Procès-verbal et protestations de l'assemblée de l'ordre le plus nombreux du Royaume. *S. l. n. d.*, in-8 de 32 pp. demi-rel. mar. citron avec coins, dos orné fil. tète dorée. (*Allô.*) — Réponse des femmes de Paris au cahier de l'ordre le plus nombreux du Royaume. S. *l.*, 1789, in-8 de 14 pp. cart. — Réclamation des courtisanes parisiennes, adressée à l'assemblée nationale, concernant l'abolition des titres déshonorans, tels que G... P... T... M... etc. *Paris*, 1790, in-8 de 8 pp. cart. — Ens. 3 plaq.

644. Pamphlets révolutionnaires : Le Rendez-vous de Mme Elisabeth, sœur du Roi, avec l'abbé de Saint-Martin, aumônier de la Garde nationale, dans le jardin des Tuileries. *A Paris*, 1790, pet. in-8 de 23 pp. — Des caricatures par M. Boyer. — L'Égout royal. S. *l.*, 1791, in-8, fig. — Ens. 2 opuscules en un vol. in-8 demi-rel. chag. bleu.

645. Agathocles et Monk, ou l'Art d'abattre et de relever les trônes (par Philippon). *A Orléans, chez Jacob l'aîné an V*, in-18, cuir de Russie, tr. dor.

646. Souvenirs de l'École de Mars et de 1794, par E. Hyacinthe Langlois. *Rouen, F. Baudry*, 1836, in-8 de 47 pp. figure, demi-rel. mar. r. jans. tête dor. ébarbé. (*Thivet.*)

647. Lamartine (Alph. de). Histoire des Girondins. 7 vol. avec portraits. (*Incomplet du tome Ier.*) — Histoire de la Restauration, 8 vol. *Paris, Furne*, 1847-1852. — Ens. 15 vol. in-8, br.

648. Histoires drôlatiques de l'Empereur Napoléon Ier racontées par M. de Balzac, A. Toussez et F. Soulié, suivies de : Comme quoi Napoléon n'a jamais existé, etc., recueillis par Arthur Delanoue. *Paris, Passard*, 1854, in-32, demi-rel. mar. viol. avec coins, dos orné, fil. doré en tête, non rogné. (*Allô.*)

649. Histoire politique anecdotique et populaire de Napoléon III, par Paul Lacroix. *Paris, Dufour Mulat et Boulanger*, 1853, 4 vol. in-8, portr. et fig. demi-rel. chag. vert.

650. Le Ballon-poste. Journal du siège de Paris, publié pour les départements, directeur-gérant Gabriel Richard. Du 30 octobre 1870 au 29 janvier 1871, 22 numéros imprimés sur papier pelure d'oignon.

Collection complète.

---

651. Histoire généalogique de la maison de France, reveue et augmentée en cette édition, des deux précédentes maisons royales avec les illustres familles qui sortent des reynes et princesses du sang, par Scevole et Louis de Saincte-Marthe. *Paris, Nic. Buon*, 1628, 2 vol. pet. in-fol. fig. de blasons, bas.

Pages 513-514 du tome IIe déchirées.

652. Généalogie des rois de Navarre. S. *l. n. d.*, in-fol. tableaux généalogiques, vélin, fil. tr. dor.

Manuscrit du xviie siècle composé de 75 ff. et de 5 tableaux.

653. Recueil de généalogies, in-4, v. ant. marb.

MANUSCRIT composé de 500 pages.
Ce recueil, fort curieux, contient les généalogies des maisons royales et princières de la France et des autres pays de l'Europe, jusqu'en 1756, ou environ.

654. Des Cérémonies du Sacre, ou Recherches historiques et critiques sur les mœurs, les coutumes, les institutions et le droit public des Français dans l'ancienne monarchie, par C. Leber. *Paris, Baudouin*, 1825, in-8, pl. demi-rel. v. f.

655. REGISTRE DES PROCÈS-VERBAUX DES CÉRÉMONIES DE L'EMPIRE, depuis le 15 juillet 1804, jusqu'au 23 août 1807, dressés et arrêtés par le grand maître des cérémonies (lettres reçues), depuis le 8 juillet 1804, jusqu'au 5 décembre 1811 ; 2 vol. in-fol. bas. verte.

MANUSCRIT PRÉCIEUX. Parmi les procès-verbaux des cérémonies que contient le 1er volume, nous avons remarqué : la prestation de serment de la Légion d'honneur, le sacre et couronnement de l'empereur Napoléon Ier et de l'impératrice Joséphine, la distribution des aigles au Champ-de-Mars, le baptême du prince Napoléon-Louis, fils de S. A. le prince Louis; le mariage du prince Eugène avec la princesse de Bavière, le mariage du prince de Bade avec la princesse Stéphanie Napoléon, le mariage du prince Jérôme-Napoléon avec la princesse de Wurtemberg.

656. Origine des Parlements de France et des États généraux; suivie de procès faits à divers grands en France. Gros vol. in-4, demi-rel. bas.

MANUSCRIT du XVIIIe siècle composé de 662 pages.
Partie très intéressante. Nous citerons les procès de Gilles de Retz, du connétable de Bourbon, du maréchal de Biron, de Chalais, de la princesse de Condé, etc., le duc de Guise assassiné par Poltrot en 1562 et les poursuites intentées contre Gaspard de Coligny; la conspiration de la marquise de Verneuil, en 1604 ; les arrêts du Parlement contre Briquemeau et Cavagnes, en 1582; contre l'amiral de Coligny en 1572, etc.

657. ABRÉGÉS DES REGISTRES DU PARLEMENT, varia. 2 vol. in-fol. demi-rel. bas.

MANUSCRIT de 411 et 597 feuillets, important et fort curieux pour l'histoire de France. Il contient en sommaire des arrêts du Parlement depuis le treizième siècle jusqu'en 1652 ou environ, sur diverses matières, telles que : anoblissements enregistrés au Parlement de 1581 à 1648, érections de châtellenies et de comtés, attroupements illicites au seizième siècle, cérémonies publiques, chambres de justice contre les financiers, chasse, confrères de la Passion et comédiens italiens au seizième siècle; eaux et forêts, église, clergé, finances, etc., etc.

658. ABRÉGÉ DES REGISTRES DU PARLEMENT DE PARIS. *S. l. n. d.*, in-fol. demi-rel. v.

MANUSCRIT composé de 762 pages d'une bonne écriture du dix septième siècle, contenant les extraits de plusieurs registres du Parlement, classés dans l'ordre suivant : 1319 à 1344 (règnes de Philippe V, Charles IV et Philippe VI). — Du 12 novembre 1421, au 10 novembre 1425 (Charles II et Henri VI, roi d'Angleterre). — 1436 à 1455 (Charles VII). — 1536 à 1539 (François Ier). — 1182 et 1173 (Louis XI). — Suivent des extraits du deuxième volume des *Olim* : 1274 à 1277 (Philippe III). — 1281 ; 1286-1288 ; 1290-1296 (Philippe IV). — On y trouve encore un extrait des registres, du 1er janvier 1618 au 23 mai de la même année (Louis XIV-Fronde). — Enfin les 117 derniers feuillets sont consacrés à une table des arrêts rendus sur divers sujets depuis le quinzième siècle jusqu'au milieu du dix-septième.

659. Exil et suppression du Parlement de Paris, en 1771, in-4, v. éc. fil.

MANUSCRIT du XVIIIe siècle, composé de 314 pages.
C'est un recueil très important de pièces relatives à l'exil et à la suppression de l'ancien Parlement de Paris. Ce volume peut servir à rectifier des dates et des faits que certains historiens n'ont pas indiqués avec exactitude.

660. États généraux tenus à Paris, aux Augustins en 1615. *S. l. n. d.*, in-4, v. gr.

MANUSCRIT de 779 pages contenant des documents inédits.

661. Histoire de la milice françoise et des changements qui s'y sont faits depuis l'établissement de la monarchie françoise dans les Gaules, jusqu'à la fin du règne de Louis le Grand. *Paris, Denis Mariette*, 1721, 2 vol. in-4, carte, pl. v. ant. granit.

Ouvrage curieux.

662. Histoire de l'armée et de tous les régiments, depuis les premiers temps de la monarchie française jusqu'à nos jours, par M. Ad. Pascal, terminée par Jules Ducamp. *Paris, Barbier*, 1846-1850, 4 vol. gr. in-8, fig. en couleur, demi-rel. bas gren.

Illustrée par MM. Philippoteaux, E. Charpentier, H. Bellangé, de Moraine, Morel Fatio, Sorieul, etc.

663. Privilèges des Trésoriers généraux de France, depuis 1405, jusqu'en 1649, 2 vol. in-fol. v. marb. fil.

Manuscrit composé de 674 et 693 pages pour les 2 volumes.

On lit sur les plats le nom de *Simon Fournival*, qui, sans doute, était trésorier au bureau de Dijon.

Ce volumineux recueil d'ordonnances royales, d'arrêts, de mandements, etc., est d'une grande importance pour l'histoire.

664. Histoire des finances pendant la régence de 1715. In-fol. demi-rel. vélin.

Manuscrit autographe et inédit, composé de 221 feuillets, écrits seulement sur le recto.

Cet ouvrage est d'autant plus important pour l'histoire du système de Law, que l'auteur fait l'apologie de ce système et des principes qui lui servaient de base. Il déclare qu'on a mal jugé ces opérations financières qui eurent pour résultats le payement des dettes immenses contractées par l'État sous le règne de Louis XIV, les progrès de l'industrie et du commerce, le soulagement du peuple.

665. Histoire des fermes du Roi, de 1715 à 1745 (par de Malézieu). *Paris*, 1746, 2 vol. tomes IV et V, gr. in-fol. tableaux doublés en toile, v. ant. marb. dent. tr. dor. (*Aux armes de Malézieu.*)

Très beau manuscrit calligraphié.

Cette histoire des *Fermes* est fort intéressante, surtout pour le système de Law, sur lequel M. de Malézieu donne des détails curieux et officiels qu'on ne saurait trouver dans aucun livre imprimé.

On a ajouté un précis de cet ouvrage, rédigé par l'auteur, en un cahier de trois feuillets in-fol. — Nous avons remarqué dans ces volumes manuscrits de nombreuses corrections autographes de Malézieu.

666. Traité de la cour des monnoyes et de l'estendue de sa juridiction, divisé en cinq parties; le tout justifié par chartes, édits, par maistre Germain Constans. *Paris, Séb. Cramoisy*, 1658, in-fol. bas. ant.

667. Les Finances de la France, par Richard Kaufmann. Traduit de l'allemand, par MM. Dulaurier et de Riedmatten. 1 vol. — Dictionnaire du budget. Exercices de 1881 à 1884, par Félix Germain. 1 vol. *Paris, Guillaumin*, 1884. — Ens. 2 vol. in-8, br.

668. Traité de commerce des Hollandais, 1694. — Mémoires sur les causes de la décadence du commerce et sur les moyens de le rétablir, adressés en 1701, par les députés des provinces à la chambre du commerce établie à Paris, 2 parties en un vol. in-4, v. br.

Manuscrit composé de 176 et 125 feuillets.

On trouve dans ce volume, outre le *Traité du commerce des Hollandais* (et des Anglais), les *Mémoires* des députés de Rouen, de Dunkerque, de Nantes, de La Rochelle, de Bordeaux, de Bayonne, du Languedoc, de Lyon et de Lille. Le dixième et dernier mémoire *sur le commerce général de la France*, fut rédigé par le sieur Pelletier, député de la ville de Paris.

669. Atlas graphique et statistique du commerce de la France avec les pays étrangers, pour les principales marchandises, pendant les années 1859 à 1875, publié par ordre du ministre de l'agriculture et du commerce, sous la direction de M. Ozenne, par Ferdinand Bonnange. *Paris, Baudry*, 1878, in-fol. — Album de statistique graphique. *Paris, Impr. nationale*, 1880, in-4. — Ens. 2 atlas, cartes gravées et coloriées, cart.

670. Le Mode françois, ou Discours sur les principaux usages de la nation françoise (par J. F. Sobry). *Londres*, 1786, in-8, bas. fil.

Ouvrage curieux faisant bien connaître l'ancien régime.

L'édition presque entière fut supprimée par le ministre Breteuil.

2. *Histoire des provinces et villes de France.*

671. Mémoires de la généralité de Paris. *S. l. n. d.* 2 vol. in-4 de 319 et 406 feuillets, v. ant. marb.

Beau manuscrit rédigé vers 1698, par ordre du duc de Bourgogne. Cette statistique de la généralité de Paris est divisée en quatre parties. État ecclésiastique ; — Gouvernement militaire ; — Finances ; — Justice. On y trouve des renseignements précieux pour l'histoire des villes de la Champagne et de la Picardie qui faisaient partie de la généralité de Paris.

672. La Grande Ville, nouveau tableau de Paris comique, critique et philosophique, par MM. Paul de Kock, Balzac, Dumas, Soulié, Gozlan, etc. *Paris, Maresq*, 1844, 2 vol. in-8, fig. demi-rel. v. vert.

Taches d'humidité.

673. Paris-Diamant, par P. Joanne. *Paris, Hachette*, 1883, in-16, fig. et cartes, cart.

674. Atlas administratif des 20 arrondissement de la ville de Paris publié d'après les ordres de M. le baron C. E. Haussmann. *Paris*, 1868, in-fol. cart.

Ce plan est une reproduction du plan général à l'échelle de 50.000 dressé par les géomètres du service municipal du Plan de Paris.

675. Les Lanternes. Histoire de l'ancien éclairage de Paris, par Ed. Fournier, suivi de la réimpression de quelques poèmes rares. *Paris, Dentu*, 1854, gr. in-8, demi-rel. mar. or. jans. avec coins, doré en tête, non rogné. (*Allô.*)

Les Nouvelles Lanternes 1755 ; Plaintes des filoux et écumeurs de bourses contre nos seigneurs les réverbères, 1769 ; Les Ambulantes à la brune contre la dureté du temps, 1769 ; Les Sultanes nocturnes, 1769.

676. Plans (et mémoires) relatifs au Palais-Royal et discussion des questions qu'ils ont fait naître au procès entre S. A. S. Mgr le duc d'Orléans et le sieur Julien, 10 pièces en 1 vol. in-4, plans, demi-rel. bas. brune.

677. De la Prostitution dans la ville de Paris, par A. J. B. Parent-Duchâtelet. *Paris, J. B. Baillière*, 1837, 2 vol. in-8, portrait, demi-rel. chag. r.

678. Le Palais-Royal, ou les Filles en bonne fortune, coup d'œil rapide sur le Palais-Royal en général, sur les maisons de jeu, les filles publiques, les tabagies, etc. (par Deterville), *Paris, chez l'écrivain*, 1813, petit in-12, fig. demi-rel. v. f.

679. Inventaire général après décès de Antoine-Marie Robillard, conseiller du roi, contrôleur du grenier à sel de Paris et marchand de bois, de tous ses biens, meubles ou immeubles, et marchandises, fait par devant notaires, à la requête de la veuve Marie Anne Perroelle, le 11 août et jours suivants de l'an 1755, in-fol. demi-rel. v. br.

Manuscrit sur papier timbré composé de 379 feuillets.

680. Comptes des successions de Claude Copitet, 1757, et de Jean Nelle, architecte, 1751. Procès-verbal d'une vente de meubles, après le décès de Denise Vaultier, veuve de François Bouniou, maître boulanger, 1739 ; 3 parties manuscrites en un vol. in-fol. demi-rel. v. f.

Manuscrit sur papier timbré.
Toutes ces familles sont de Paris, mais ces pièces sont incomplètes des premiers cahiers.

681. Histoire topographique, politique, physique et statistique du département de Seine-et-Marne, par le docteur Félix Pascal. *Melun, Thomas*, 1844, 2 vol. in-8, cartes, br.

682. Papier terrier de la seigneurie de Villiers en DessEure, appartenant à Robert d'Estouteville, chevalier, seigneur de Beynes, baron d'Ivry et de St-Andrieu en la Marche... — Compte premier rendu par Messre Si-

mon Morsalines, prestre, receveur d'iceluy lieu, pour l'année commençant à la St Remy (1er octobre) de l'an 1474 et finissant à la dite féste de l'an 1475, in-fol. rel. en vélin.

MANUSCRIT de 81 feuillets d'une bonne écriture, et complet.

Robert d'Estouteville, seigneur de Beynes, prevost de Paris, depuis le 7 mai 1446, et mort le 3 juin 1476, avait épousé Ambroise de Loré, baronne d'Ivry, décédée en 1466, et fille d'Ambroise de Loré, ancien prévôt de Paris. Il est rare de trouver un terrier du xve siècle aussi complet et en aussi bon ordre que celui-ci. On peut y puiser d'utiles renseignements sur les droits de tous genres que les vassaux payaient à leurs seigneurs. C'est un chapitre curieux de l'histoire de la feodalité.

Manuscrit important pour l'histoire des environs de Paris. Les premiers feuillets sont rongés.

683. La Vie agricole sous l'ancien régime en Picardie et en Artois, par le baron A. de Calonne. 1 vol. — L'Administration de l'agriculture au contrôle général des finances, 1785-87. Procès-verbaux et rapports publiés par H. Pigeonneau et Alfred de Foville, 1 vol. *Paris, Guillaumin*, 1882-83. — Ens. 2 vol. in-8, br.

684. Discours abrégé de l'Artois, membre ancien de la couronne de France et de ses possesseurs, depuis le commencement de la monarchie. *S. l.* 1640, in-4, v. ant. marb. fil. (*Armoiries sur les plats.*)

La dédicace au cardinal de Richelieu est signée A. C. (Ch. de Combault, baron d'Auteuil).

685. Mémoires sur la généralité d'Orléans (par M. de Bouville, intendant), et sur la généralité de Moulins, 2 part. en 1 vol. in-4, carte, vél.

MANUSCRIT composé de 180 et 196 pages.

La généralité d'Orléans se composait de l'Orléanais, de la Beauce, du pays Chartrain et du Blaisois.

La généralité de Moulins comprenait le Bourbonnais, le Nivernais, la Haute-Marche, le pays de Combrailles et 80 villes détachées de l'Auvergne.

686. Le Château de Chambord, par L. de La Saussaye. Huitième édition, revue, corrigée et augmentée de pièces justificatives. *Lyon, impr. de Louis Perrin*, 1859, pet. in-8, papier vergé teinté, fig. demi-rel. mar. r. fil. tête dor. ébarbé. (*Thivet.*)

687. Les Recherches et antiquitez de la province de Neustrie, à présent duché de Normandie, comme des villes remarquables d'icelle, mais plus spécialement de la ville et université de Caen, par Charles de Bourgueville, sieur de Bras. Nouvelle édition. *Caen, de l'impr. de T. Chalopin*, 1833, in-8, papier vélin, plan, demi-rel. mar. vert avec coins, tête dor. éb. (*Thivet.*)

688. La Normandie, par M. Jules Janin, illustrée par MM. Morel-Fatio, Tellier, Gigoux, Daubigny, Debon, H. Bellangé, Alfr. Johannot. *Paris, Ern. Bourdin, s. d.* (1843), gr. in-8, carte, titre gravé, portrait et fig. demi-rel. mar. vert, dos mosaïqué, fil. tête dor. ébarbé.

Exemplaire du PREMIER TIRAGE.

689. Hippeau (C.). Le Gouvernement de Normandie au xviie et au xviiie siècle. Troisième partie : Industrie, commerce, travaux publics. *Caen, impr. Goussiaume*, 1869, 1 vol. — Les Assemblées provinciales en Normandie et le Parlement de Rouen. 1 vol. — Les Cahiers de 1789 en Normandie, 2 vol. — Les Elections de 1789 en Normandie, 1 vol. — Paris et Versailles, journal anecdotique de 1762 à 1789, 1 vol. *Paris, Aug. Aubry*, 1869. — Ens. 6 vol. in-8, br.

690. Le Combat judiciaire en Normandie, par M. A. Canel. *Caen, A. Hardel*, 1858, in-8, demi-rel. v. f. tête dor. ébarbé.

691. Histoire de la barbe et des cheveux en Normandie, par A. Canel. *A Rouen, A. Lebrument*, 1859, pet. in-8 de 86 pages, papier vergé, br.

692. Blason populaire de la Normandie comprenant les proverbes, sobriquets et dictons relatifs à cette ancienne province et à ses habitants, par A. Canel. *Rouen, A. Lebrument*, 1859, 2 vol. in-8, papier vergé, demi-rel. chag. r. tête dor. éb. (*Thivet.*)

693. Armorial des villes et corporations de la Normandie, par A. Canel, seconde édition augmentée et ornée de blasons. *Paris, Aug. Aubry*, 1863, in-8, papier de Hollande, fig. demi-rel. chag. vert, tête dor. ébarbé.

694. Recherche de la noblesse de Normandie, faite en 1463, par Rémon de Monfaoucq. — Assiette faite aux bailliages de Caen et de Falaise, et en la vicomté de Bayeux, pour les francs fiefs et nouveaux acquêts. — Etat des anoblis en Normandie, depuis 1500 jusqu'en 1630; in-fol. vél.

Manuscrit composé de 282 pages, curieux pour l'histoire de la Normandie. La *Recherche* de Monfaoucq est en double expédition. On a ajouté au volume une *table générale*, par ordre alphabétique, de tous les noms cités, et une *généalogie* de la famille Mauduit, originaire de Normandie, dont un des membres suivit en Angleterre Guillaume le Conquérant.

695. Histoire de Rouen sous la domination anglaise au xve siècle, suivie de pièces justificatives publiées pour la première fois d'après les manuscrits des archives municipales de Rouen, par A. Chéruel. *Rouen, E. Le Grand*, 1840, in-8, dérelié.

Exemplaire sur papier vélin teinté avec 2 fac-similés des armes de Rouen et de Normandie, en couleur.

696. Description des antiquités et singularités de la ville de Rouen par J. Gomboust, 1655, précédée d'une étude sur les plans et vues de Rouen et d'une notice sur le plan de Gomboust par Jules Adeline, eaux-fortes de J. Adeline. *Rouen, Esp. Cagniard*, 1875, pet. in-4, papier de Hollande, br. et plan de Rouen collé sur toile, plié et renfermé dans un étui.

697. Monumens les plus remarquables de la ville de Rouen, recueillis, lithographiés et décrits par F. T. de Jolimont. *Paris, Leblanc*, 1822, in-fol. planches lithogr. demi-rel. bas. r. avec coins, non rog.

698. Description historique de la cathédrale de Rouen par A. P. M. Gilbert. *Rouen, chez Ed. Frère*, 1837, in-8, fig. demi-rel. chag. vert, tête dor. éb. — Tombeaux de la cathédrale de Rouen par A. Deville. Deuxième édition ornée de douze planches gravées *Rouen, M. Périaux*, 1837, in-8, fig. demi-rel. mar. La Vall. tête dor. éb. (*Thivet.*) — Notice sur l'incendie de la cathédrale de Rouen occasionné par la foudre, le 15 septembre 1822, et sur l'histoire monumentale de cette église, ornée de 6 planches par E. H. Langlois, *Rouen*, 1823, in-8, fig. demi-rel. chag. r. tête dor. ébarbé.

699. Stalles de la cathédrale de Rouen, par Hyacinthe Langlois, ornées de treize planches gravées avec une notice sur la vie et les travaux de E. H. Langlois par Ch. Rochard et un portrait gravé par Brevière. *Rouen, Nicetas Périaux*, 1838, in-8, portrait et fig. demi-rel. chag. viol. tête dor. ébarbé.

700. Description historique de l'église de Saint-Ouen, de Rouen, anciennement église de l'abbaye royale de ce nom, ordre de Saint-Benoît par A. P. M. Gilbert, ornée de gravures d'après les dessins de E. H. Langlois. *Rouen, J. Frère*, 1822, in-8 de 74 pp. fig. au trait demi-rel. chag. vert, tête dor. ébarbé.

701. Maintenues de la noblesse de la généralité de Rouen en 1667-1669, (élections d'Arques, Lyons et Neufchâtel). *S. l. n. d.*, in-fol. v. ant. marb.

Manuscrit très important composé de 818 pages de généalogies et blasons.

702. Maintenues de noblesse de la généralité de Rouen en 1667-1669. (Elections de Neufchâtel, Lyons, Gisors, Pontoise, Chaumont et Magny, Andely, Pont-de-l'Arche, Pont-Audemer, Evreux, Pont-l'Evêque, Montivilliers, Caudebec). In-fol. v. ant. marb.

Manuscrit composé de 616 pages.
Généalogies, blasons et table alphabétique des noms de famille.

703. Recherche de la noblesse de la généralité de Rouen, en 1667-1669. (Elections de Montivilliers, d'Andely et d'Evreux). In-fol. v. marb.

Manuscrit composé de 630 pages.
Généalogies et tables, par ordre alphabétique, des noms de famille.

704. Recherche de la noblesse de l'élection de Rouen, 1667; avec les généalogies et les pièces justificatives. In-fol. v. marb.

Manuscrit de 615 pag. avec une table alphabétique des noms de famille.

705. Recherche de la noblesse de la généralité de Rouen, par Barin de La Galissonnière, de 1666 à 1682. — Recherche de Normandie, par Monfaoucq, en 1463. — Anoblissemens de Normandie, depuis 1500 jusqu'en 1644. — Création de cinquante nobles en 1645. In-fol. v. ant. marb.

Manuscrit composé de 1125 pages.

Ce volume de la *Recherche* de la généralité de Rouen contient les élections de Rouen, d'Arques, de Montivilliers, de Neufchâtel, de Caux, d'Evreux et de Gisors. Les autres parties de ce recueil sont encore plus curieuses que la Recherche de Barin de La Galissonnière.

706. Discours de l'entrée faicte par tres haut et tres puissant prince Henry IIII, roi de France et de Navarre et tres illustre princesse Marie de Médicis, la royne son épouse en leur ville de Caen, au mois de septembre 1603. *Caen, Mancel*, 1842, in-8 de 48 pp. papier vergé de Hollande, demi-rel. mar. r. avec coins, tête dor. ébarbé. (*Thivet.*)

Relation publiée pour la première fois par M. G. S. Trébutien.

707. Recherche de la noblesse de la généralité de Caen, faite en 1598 et 1599, par de Mesmes de Roissy (élections de Caen, Bayeux, Saint-Lô, Carentan, Vallogne, Coutances, Avranches, Vire et Mortain). *S. l. n. d.*, in-fol. ant. marb.

Manuscrit du siècle dernier composé de 378 pages.

708. Registre dans lequel sont tous les fiefs et autres choses nobles relevant du roi, dans le bailliage de Caen et vicomtés qui en dépendent, 1693; pet. in-fol. parch.

Manuscrit très curieux composé de 107 ff. On y trouve les noms de tous, les nobles possesseurs de fiefs dans le bailliage de Caen, la liste des verreries, abbayes, prieurés, chapelles, hôtels-Dieu, etc., existant dans ledit bailliage. — Table alphabétique des fiefs en tête de chaque vicomté.

709. Recherche de la noblesse de la généralité d'Alençon (faite en 1666, par Hector de Marlé) (élections d'Alençon, d'Argentan, de Bernay et de Conches). *S. l. n. d.*, in-fol. v. ant. marb.

Manuscrit composé de 400 et 180 pages.

Table alphabétique des noms de famille. On a relié, avec la *Recherche*, une liste, par ordre alphabétique, des présidents et conseillers du Parlement de Bretagne, depuis le XVIe siècle jusqu'en 1760.

710. Mémoire du duché d'Alençon, dressé vers 1698; in-4, vélin.

Manuscrit composé de 117 feuillets.

Ce mémoire de la généralité d'Alençon contient l'état de l'église, de la justice et des finances, ainsi que des détails curieux sur le climat, les rivières, les marais, les mines, les foires, les routes, la noblesse, les terres seigneuriales, etc.

711. Histoire du port du Havre, par Frissard. *Paris, Carillan-Gœury*, 1837-1838, 11 livraisons in-4, contenant le texte, et 10 livraisons in-fol. contenant 50 pl. gravées (il en faudrait 60) en feuilles.

712. Pièces originales relatives à la famille Bisson d'Angreville, de Normandie. Petit-in-fol. broché, dans un portefeuille, demi-rel. bas. verte. (*Aux initiales B. d'A.*)

Beau manuscrit qui contient les provisions de l'office de conseiller secrétaire du Roi, avec droit de noblesse, accordées en 1761 à Jacques Bisson; un tableau généalogique sur peau vélin; des armoiries coloriées sur papier Bristol; et dix actes de l'état civil dûment légalisés, depuis la naissance de Jacques Bisson, à Gaillon, le 30 avril 1700, jusqu'à la naissance de Louis Henri Bisson d'Angreville, à Louviers, le 16 décembre 1815.

713. Inventaire général des titres tant anciens que modernes des fiefs de Sassemay, près Gisors (Normandie), maison forte, fours et moulins bannaux de Maslay le Vicomte et leurs dépendances, appartenant à Messire Charles-Augustin-Gabriel de Biencourt, chevalier, ancien capitaine au régiment de Navarre, seigneur de Gumery. *S. l. n. d.*, in-fol.

Manuscrit sur papier composé de 175 feuillets d'une bonne écriture contenant la copie de titres de propriété, arrêts, rapports, procès-verbaux, baux, etc., de 1284 à 1771.

714. La Touraine. Histoire et monuments, publié sous la direction de M. l'abbé J.-J. Bourassé. *Tours, A. Mame*, 1855, pet. in-fol. fig. chag. vert, fil. tr. dor. armes de la ville de Tours sur les plats.

Exemplaire du PREMIER TIRAGE.

715. La Loire historique, pittoresque et biographique, de la source de ce fleuve à son embouchure dans l'Océan, par J. Touchard-Lafosse. *Tours, Lecesne*, 1851, 5 vol. in-8, portrait et vignettes, demi-rel. chag. vert.

Les gravures hors texte ont été reliées à part et forment un album

716. Le Livre doré de l'hôtel de ville de Nantes, avec les armoiries et les jetons des maires par Alex. Perthuis et S. de La Nicollière-Teijeiro. *Nantes, impr. J. Grinsard*, 1873, gr. in-8, pl. et fig. de blasons, br.

Tome Ier.

717. REGISTRE SECRET DE LA COUR DES AIDES, depuis le 29 janvier 1660 jusqu'au 12 décembre 1671. — Procès-verbaux des délibérations du parlement de Paris, du 12 novembre 1763 au 16 janvier 1764 (*Curieux*). — Registre de la noblesse sur ce qui s'est passé aux états séant à Rennes, entre les trois ordres, depuis le 20 avril 1767, jusqu'au 23 mai suivant, jour de la clôture desdits états, déposé chez Blouet, notaire à Rennes, par MM. le chevalier de Pontual, le chevalier du Han, Juchault de La Moricière, et de Champeaux. — Remontrance du Parlement de Bretagne au roi contre les dons gratuits (1758). — Mémoire contre le premier sol pour livre en Bretagne (1760). — Et réplique au contrôleur général. — Mémoire fait au nom des états de Bretagne contre le cinquième sol pour livre.

MANUSCRIT, in-fol. demi-rel. v. f.

718. Entrée et séjour de Charles VIII dans la capitale de la Champagne en 1486, avec notes et pièces curieuses relatives à cette entrée et à l'établissement de la première imprimerie troyenne. *Paris, Champion*, 1874, in-4, de 39 pp. demi-rel. mar. r. jans. avec coins, tête dor. ébarbé. (*Thivet.*)

Exemplaire en GRAND PAPIER vergé teinté.

719. Les Mémoires historiques de la République séquanoise et des princes de la Franche-Comté, de Bourgogne avec un sommaire de l'histoire des roys de Castille et de Portugal, de la maison des princes de Bourgogne, par Maistre Louis Gollut. *Dijon, P. Palliot*, 1647, in-4, v. ant. granit.

Mouillures, piqûres de vers.

720. Mémoire de l'histoire de Lyon, par Guill. Paradin. *Lyon, Griphius*, 1573, in-fol. bas. (*Armoiries sur les plats.*)

Exemplaire bien conservé avec les *privilèges et franchises.*

721. Relation de la descente des Anglois en l'Isle de Ré (par Michel de Marillac) : Du siège mis par eux au fort ou citadelle de Sainct Martin : et de tout ce qui s'est passé de jour en jour, tant dedans que dehors pour l'attaque, défense, et secours de ladite place, et iusques à la défaite et retraite desdits Anglois. *A Paris, chez Edme Martin*, 1628, pet. in-8, v. gran.

Piqûres de vers.

722. Les Origines de la ville de Clairmont, par feu M. le président Savaron, augmentées des remarques, nottes et recherches curieuses des choses advenues avant et après la première édition. Ensemble des généalogies de l'ancienne maison de Sénectère et autres, justifiées par chartres, tiltres et enrichies de portraits, par Pierre Durand. *Paris, Fr. Muguet*, 1662, in-fol. portraits, bas ant.

723. Les Annales d'Aquitaine, par Jean Bouchet, augmentées de plusieurs pièces rares et historiques par A. Monnin. *Poictiers, Abr. Mounin*, 1644, in-fol. portr. titre grav. v. ant. granit.

Fortes mouillures.

724. Traicté du comté de Castres, des seigneurs et comtes d'iceluy, etc. par maistre David Defos. *A Tolose, chez Arnaud Colomiez*, 1633, in-4, v. ant. marb. fil. (*Armoiries sur les plats.*)

Piqûres de vers.

725. Histoire des comtes de Carcassonne, par J. Besse, citoien de Carcassonne. *A Béziers, pour Arnaud d'Estradier*, 1645, in-4, titre gravé, bas.

Aux armes de Lautrec.

726. Répertoire archéologique du département du Tarn, par M. Hippolyte Crozes. *Paris, Impr. impériale*, 1865, in-4, texte à 2 col. cart.

727. Entrée de François Ier dans la ville de Béziers (Bas-Languedoc), publiée et annotée par Louis Domairon. *Paris, Aug. Aubry*, 1866, in-8, de 58 pp. papier vergé teinté, demi-rel. mar. r. tête dor. ébarbé. (*Thivet.*)

728. Critique de nobiliaire de Provence, composé par l'abbé Robert de Brianson (par Simon Jos. de Barcillon, sieur de Maurans). *S. l. n. d.*, 2 vol. in-fol. demi-rel. bas.

Manuscrit.

L'*Etat de la Provence*, par Robert de Brianson, fut imprimé en 1693, 3 vol. in-12. La *Critique* de Barcillon EST INEDITE et fort importante pour l'histoire des familles provençales. Elle contient la liste des anoblis, des usurpateurs de noblesse et des familles déclarées roturières; ainsi que des notices sur les nobles de race, d'armes, etc., ou de robe. On trouve à la fin du second volume, une *Critique* de la Critique de Barcillon, et une *Histoire abrégée des Juifs de la Provence*, avec le *Catalogue des nouveaux chrétiens de race judaïque*.

729. Homagia et recognitiones hominum de sancto Vincentio Miravallis Sistarici diœcesis... (Hommage et aveux des habitants de Saint-Vincent de Miraval, diocèse de Sisteron, rendus à nobles damoiselles Blanche et Catherine d'Adhemar, autrefois co-seigneur dudit château de Saint-Vincent); in-fol. demi-rel. mar. brun.

Manuscrit intéressant.

Ces hommages sont datés de l'an 1491; mais cette grosse n'a été écrite qu'en 1510: 116 feuillets sur papier.

730. Aperçu historique sur les embouchures du Rhône... par Ern. Desjardins. *Paris, Lahure*, 1866, in-4, cartes, cart.

731. Histoire générale du Dauphiné, par Nicolas Chorier. *Grenoble, chez Ph. Charuys*, 1661, in-fol. bas. ant.

Ouvrage recherché.
Timbre sur le titre.

732. Mémoires pour servir à l'histoire de Dauphiné, sous les dauphins de la maison de la Tour du Pin, où l'on trouve tous les actes du transport de cette province à la couronne de France (par Morel de Bourchenu de Valbonnais). *Paris, Imbert de Bats*, 1711, in-fol. bas. ant.

Taches de rouille.

733. Philiberti Pingonii Sabaudi, Augusta Taurinorum. *Taurini, apud hæredes Nic. Bevilaquæ*, 1577. — Inclytorum Saxoniæ Sabaudiæque principum arbor gentilitia, Philibert Pingonio authore. *Augustæ Taurinorum*, 1581. — Ens. 2 ouvr. en 1 vol. in-fol. fig. de blasons, v. ant. granit.

Taches de rouille.

734. Liste des prévôtés des duchés de Lorraine et de Bar, avec leurs blasons, extraite du livre de la hérauderie, peint par Léopold Racle (Pierre Trouard de Riolle fecit : 1803). In-fol. demi-rel. bas.

Manuscrit composé de 76 feuillets avec armoiries peintes.

Pierre Trouard de Riolle avait été garde du corps, chevalier de Saint-Louis et du Saint-Sépulcre, lieutenant des maréchaux de France. Les armes les plus singulières décrites dans ce volume sont celles de Commercy : *de gueules à trois demoiselles d'argent mises en pal*.

735. Anciennes ordonnances et police de Lorraine et Barrois. *S. l. n. d.*, in-fol. v. ant. marb.

Manuscrit composé de 600 pages.

Ces anciennes ordonnances des ducs de Lorraine, rédigées pendant les XVIe et XVIIe siècles, pour réglementer les affaires ecclésiastiques, civiles, judiciaires et de police, dans les duchés de Lorraine et de Bar, sont accompagnées d'annotations et de nombreuses additions d'ordonnances.

On a relié dans le volume plusieurs pièces importantes, telles que la Recherche des nobles du Barrois et de Saint-Mihiel, par ordre alphabétique.

736. LES JUSTES ET VÉRITABLES ÉLOGES DE LA MAISON DE LORRAINE. *S. l. n. d.*, demi-rel. mar. r. avec coins, fil.

MANUSCRIT sur papier composé de 900 pages.

Cette histoire de la maison de Lorraine est inédite. L'auteur fait remonter l'origine de cette famille princière à Guillaume, frère de Godefroy de Bouillon, et du côté maternel aux rois mérovingiens par Albéron, fils de Clodion le Chevelu. Il a écrit ensuite l'histoire de la Lorraine sous les Gaulois, les Romains, les rois d'Austrasie, les ducs de Mosellane et de Lorraine, jusqu'en 1690.

737. Recueil factice d'édits, d'ordonnances et de déclarations, pour les États de S. A. R. le duc de Lorraine et de Bar (1700-1724); pet. in-4, v. br.

Ce recueil de 66 pièces dont quelques-unes sont manuscrites, a été formé, en 1724, par Me Breyé, avocat à Nancy. Il a écrit son nom sur la garde du volume et sur le titre.

III. HISTOIRE DES PAYS ÉTRANGERS

738. Le Premier (et le second) Volume des antiquitez de la Gaule belgicque, royaulme de France, Austrasie et Lorraine, avec l'origine des duchez et comtez de l'ancienne et moderne Brabant, Togre, Ardenne, Haynau..... et aultres principaultez. Extraictes soubz les vies des évesques de Verdun, anciēne cité d'icelle Gaule par M. Richard de Wassebourg avec plusieurs épithomes, et sommaires, es vies des papes, empereurs, roys et princes dessusdictz depuys J. Cæsar jusques à prēsēt, 1549. *On les vend à Paris*, 1549, 2 tomes en 1 vol. in-fol. bas. ant.

739. L'Art, la religion et la nature en Italie, par Emilio Castelar. Traduit par J. Pêne-Siefert. *Paris, Fischbacher*, 1885, 2 vol. in-12, br.

740. L'Italie de nos jours, par Edmond Roche. *Paris, H. Mandeville, s. d.*, in-4, fig. hors texte, cart. de l'éditeur, tr. dor.

741. Dantier (Alph.). L'Italie, études historiques. *Paris, Didier*, 1874, 2 vol. in-8, br.

742. Memorie di Matilda la gran contessa d'Italia da Fr. Maria Fiorentini restituta alla patria. *In Lucca, appresso Pellegrino Bidelli*, 1642, in-4, front. mar. r. comp. genre Du Seuil, tr. dor. (*Rel. anc.*)

743. Histoire de la République de Venise, par M. Léon Galibert. *Paris, Furne*, 1847, gr. in-8, fig. gravées, demi-rel. chag. r. fers spéciaux sur les plats, tr. dor.

Taches d'humidité.

744. Sicanicarum rerum compendium. Maurolyco abbate authore. *S. l.* (*Messanæ*), 1562, in-8, car. italiques, mar. r. fil. tr. dor. (*Rel. anc.*)

Exemplaire aux chiffres et aux armes de CHARRON, MARQUIS DE MÉNARS.

Ouvrage rare. Piqûres de vers raccommodées, notes manuscrites.

745. Loix et constitutions de S. M. le roi de Sardaigne, publiées en 1770. *Paris, Le Jay*, 1771, 2 vol. in-12, mar. r. fil. dos orné, tr. dor. (*Rel. anc. fatiguée et tachée.*)

D'après une note manuscrite, cet exemplaire aurait été donné par le roi Victor-Amédée au comte Hugues Botton de Castelmonte Contador, général de l'armée et conseiller des finances.

746. Marca hispanica sive limes hispanicus, hoc est geographica et historica descriptio Cataloniæ, Ruscinonis, et circumjacentium populorum. Auctore Petro de Marca. Accessere varia chronica et appendix actorum veterum ab anno 819 ad annum 1517. *Parisiis, apud Fr. Muguet*, 1688, in-fol. texte à 2 col. carte, v. ant. granit, fil.

Exemplaire grand de marges.

747. Histoire de tout ce qui s'est passé en la Catalogne, depuis qu'elle a secoué le joug de l'Espagnol (par F. Gaspard Sala). — Secrets publiques de la Catalogne, ou la Pierre de touche des intentions de l'ennemy avec un éclaircissement de la vérité traduit fidèlement de catalan en françois. — Appuy de la vérité catalane, oppregnée par un libelle, qui commence la justification royale. *A Rouen, chez Jean Berthelin*, 1642. — 3 ouvr. en un vol. pet. in-4, vél.

748. Jacobi Guil. Imhof stemma regium Lusitanicum sive historia genealogica familiæ regiæ portugalidæ a prima origine usque ad præsens ævum deductæ. *Amstælodami, apud Zachariam Chatelain*, 1708, in-fol. fig. de blason, v. ant. granit, comp.

749. Les Allemands, par le P. Didon. *Paris, Calm. Lévy*, 1884, in-8.—Comte Paul Vasili. La Société de Berlin. *Paris, Nouvelle Revue*, 1884, in-8.—Ens. 2 vol. br.

750. Histoire generalle des troubles de Hongrie et Transilvanie, contenant la pitoyable perte et ruyne de ces royaumes et des guerres advenues de ce temps en iceux entre les chrestiens et les Turcs, divisée en deux tomes, par Mart Fumée, sieur de Genille. *A Paris, chez Robert Fouet*, 1608, in-4, bas. armoiries sur les plats.

Tome 1er.

751. Mémoires de S. M. la reine Victoria. Feuillets détachés de mon journal en Écosse, 1862-1882. Traduction de Mme Marie Dronsart. *Paris, Rouveyre*, 1884, in-8, portraits et fig. br.

752. Les Mystères de la Russie, tableau politique et moral, par Frédéric Lacroix. *Paris, Pagnerre*, 1845, gr. in-8, fig. demi-rel. bas verte.

753. Mélanges asiatiques, ou Choix de morceaux critiques et de mémoires relatifs aux religions, aux sciences, aux coutumes, à l'histoire et à la géographie des nations orientales, par M. Abel Rémusat. *Paris, Dondey-Dupré*, 1825, 2 vol. — Nouveaux mélanges asiatiques (par le même). *Paris, Schubart et Heideloff*, 1829, 2 vol. — Ens. 4 vol. in-8, demi-rel. bas.

754. La Syrie, l'Égypte, la Palestine et la Judée, considérées sous leur aspect historique, archéologique, descriptif et pittoresque par MM. le baron Taylor et Louis Reybaud. Ouvrage orné de deux cents gravures sur acier, dessinées par MM. Dauzats, Mayer, Cicéri fils, et gravées par M. F. Finden. *Paris*, 1839, 2 vol. in-4, fig. hors texte, demi-rel. chag. vert.

Mouillures.

755. The History of Hydur Naik written by Meer Hussein Ali Khan Kirmani, translated from an original persian manuscript, by colonel W. Miles. *London, W. H. Allen*, 1842, in-8, carte, cart. perc.

756. Histoire des sultans Mamlouks, de l'Égypte, écrite en arabe par Taki-Eddin-Ahmed-Makrizi, traduite en français, et accompagnée de notes philologiques, historiques, géographiques, par M. Quatremère. *Paris, Printed for the oriental translation fund*, 1837, — 2 tomes en un vol. in-4, cart.

757. Histoire et géographie de Madagascar, par M. Henry d'Escamps. Nouvelle édition, enrichie d'une carte de M. Alfred Grandidier. *Paris, Firmin-Didot*, 1884, in-8, carte, demi-rel. veau fauve. — Nos droits sur Madagascar et nos griefs contre les Hovas, par R. Saillens. *Paris, P. Monnerat*, 1885, in-8, br. — Ens. 2 ouvr.

758. L'Expédition de Chine, d'après la correspondance confidentielle du général Cousin de Montauban, comte de Palikao, publiée par le comte d'Hérisson. *Paris, E. Plon*, 1883, in-8, demi-rel. mar. r. jans. avec coins, doré en tête, non rogné. (*Allô.*)

759. Histoire des nations civilisées du Mexique et de l'Amérique centrale durant les siècles antérieurs à Christophe Colomb, écrite sur des documents originaux par M. l'abbé Brasseur de Bourbourg. *Paris, Arthus Bertrand*, 1857-59, 4 vol. in-8, br.

760. Histoire générale des Antilles habitées par les François. *A Paris, chez Thomas Jolly*, 1667-1671, 3 vol. in-4, cartes, bas.

Ouvrage difficile à rencontrer complet, il manque à cet exemplaire le tome IV.

761. La Politique française en Océanie, à propos du canal de Panama, par Paul Deschanel, avec une lettre de M. de Lesseps. *Paris, Berger-Levrault*, 1884, in-12, br.

1re série : l'Archipel de la Société.

IV. NOBLESSE. — ARCHÉOLOGIE. — PALÉOGRAPHIE, ETC.

762. Créations des chevaliers de l'Ordre du Saint-Esprit faits par Louis le Grand, ou Armoirial historique des chevaliers de l'Ordre, par le Sr F. de La Pointe. *Paris*, 1689, in-4, de 157 et 32 ff. v. br.

Volume entièrement gravé, les armoiries sont peintes avec soin. La marge inférieure du titre a été coupée.

763. Les Armes et blasons des chevaliers du Sainct-Esprit, créez par Louys XIII, roy de France et de Navarre, par Jacques Morin. *Paris, P. Firens, s. d.* (1634), 2 parties en 1 vol. pet. in-fol. fig. de blasons, v. olive, fil.

Il manque à cet exemplaire 2 planches dans la seconde partie, feuillet E blason 4 et feuillet gg blason 29; raccommodages.

764. Développement des statuts de l'ordre de Malte. *Manuscrit* gros in-4, v. marb. (*Aux armes de Le Fèvre d'Ormesson.*)

Curieux manuscrit divisé en sept parties, savoir : chapitre général : réception et ancienneté ; chancellerie du conseil ; receveur ; auberges et assemblées des huit langues ; galère de la marine ; esclaves et serviteurs.

765. Privilèges de l'Ordre de Malte. *S. l. n. d.*, in-4, demi-rel. bas.

Manuscrit rédigé vers 1759, divisé en deux parties. Chaque partie est suivie de lettres patentes et arrêts qui confirment ces privilèges depuis le douzième siècle jusqu'en 1758.

766. Ouvrages sur la noblesse, 7 vol. in-4, br.

Dictionnaire de la noblesse, par de La Chenaye-Desbois et Bodier. *Paris, Schlesinger*, 1863, tome Ier en 2 vol. — Armorial général de d'Hozier. *Paris, Firmin-Didot frères*, 1867-1873, 2 vol. registre V, 18e livr. et registres VII, 25e livr. — P. Anselme, Histoire de la maison royale de France, par le Père Anselme. *Paris, Didot*, 1869, tome IV en 3 livraisons.

767. Procès-verbaux des délibérations du tribunal des maréchaux, années 1694-1695, 1696-1697, 1698-1700, 1736-1738 ; 4 vol. in-fol. 3 vol. en demi-rel. bas. et 1 en parch.

Manuscrit. Le volume des années 1736-1738 est fortement endommagé dans les premiers feuillets.

Ces procès-verbaux sont en original et ils contiennent des détails curieux sur les affaires de tout genre intéressant des familles nobles, qui étaient jugées en dernier ressort par le tribunal des maréchaux de France. On y trouve les signatures autographes de plusieurs maréchaux : 86 signatures du maréchal de Duras ; 43 du maréchal de Joyeuse ; 38 du maréchal d'Estrées ; 13 du maréchal de Noailles ; 7 du maréchal de Lorge ; 4 du maréchal de Tourville ; 1 du maréchal de Catinat, et 1 du maréchal de Villeroy.

768. Bénard. Blason et art héraldique. Recueil de 32 pl. in-4 numérotées et montées sur onglets, demi-rel. bas. verte.

769. Dictionnaire héraldique. *S. l. n. d.*, 2 vol. in-fol. de 1200 pages. v. ant. marb.

Manuscrit.

Le second volume s'arrête au mot *Guigou*.

770. Le Recueil des armes de plusieurs nobles maisons et familles tant ecclésiastiques, princes, ducs, marquis, comtes, barons, chevaliers, escuyers et autres selon la forme que lon les porte de présent en ce royaume de France. *A Paris, chez Claude Magneney, s. d.* (1633), pet. in-fol. 102 planches de blasons, demi-rel. bas.

Les quatre premières et la dernière planche sont raccommodées et doublées; exemplaire fatigué.

771. Armorial des grands aumôniers, grands sénéchaux et connétables, chanceliers et gardes des sceaux, maréchaux, amiraux et grands maîtres de France, par Jacques Chevillard. *Paris* (vers 1716), 6 part. en un vol. in-fol. v. f. ant. fil. armes sur le dos et aux angles des plats de la reliure.

Recueil factice d'armoiries remontées. Chaque partie a son titre et une table des noms manuscrits. — On trouve dans ce volume plusieurs armoriaux qui avaient été publiés séparément. On y compte 76 planches et 600 écussons gravés.

772. Chevillard (Jacques). Armorial des ducs et duchesses. *Paris*, vers 1716, gr. in-fol. v. f. ant. fil. armoiries sur le dos et aux angles des plats de la reliure.

Recueil factice d'armoiries remontées, avec les légendes imprimées, et une table manuscrite des duchés par ordre alphabétique.

773. Recueil héraldique de la province du Henaut. *S. l. n. d.*, in-fol.

Manuscrit sur papier de la fin du siècle dernier, composé de 170 pages et orné de 2539 armoiries dessinées et coloriées.

774. Recueil héraldique des bourguemestres de la noble cité de Liège (par J. G. Loyens). *Liége*, 1720, in-fol. plan, armes, demi-rel. v. br.

Très bel exemplaire d'un ouvrage rare, orné d'une planche d'armoiries pour frontispice, d'un plan de la ville de Liège, et de nombreux blasons grav. dans le texte.

775. Catalogue et armorial des Gonfaloniers de Florence, par Jean-Baptiste, fils de Lorenzo Bonicoli. In-fol. max. v. br. à empreintes. (*Reliure du temps restaurée.*)

Beau manuscrit italien du xvie siècle, sur papier fort composé de 332 pages, orné de sept cents armoiries coloriées. — Les Gonfaloniers sont classés par famille. Cette liste commence à l'année 1282 et s'arrête en 1531. Une table alphabétique des noms est jointe au volume.

776. Table généalogique de la famille de Corten, patrons, laicqs des canonicats de l'église collégiale de Notre Dame au delà de la Dyle, à Malines, aux dépens de J. F. A. de Azevedo Coutinho y Bernal. *Louvain*, 1753, in-fol. fig. de blasons, gravées, v. ant. marb.

On a relié à la suite de cet ouvrage les opusc. suivants de J. F. A. F. de Azevedo : Table généalogique de la famille de Heym, alias Smets. — Table généalogique de la famille de Bayard. — Table généalogique de la famille de Liebeecke. — Table généalogique de la famille de Van der Lind. — Table généalogique de la famille de Van Kiel. Table généalogique de la famille de Van Criechingen. — Généalogie de la famille de Brecht.

777. Genealogica et historica Grimaldæ gentis arbor. Authore Carolo de Venasque Ferriol. *Parisiis, apud viduam Joan. le Bouc*, 1647, in-fol. fig. de blasons, bas.

Taches sur les premiers feuillets.

778. Histoire de la maison des Salles, originaire de Béarn, depuis son établissement en Lorraine jusqu'à présent avec les preuves de la généalogie de cette maison (par le P. Hugo, abbé d'Estival). *Nancy, de l'impr. de J. Bapt. Cusson*, 1716, in-fol. fig. de blasons, v. ant. granit.

779. Tararoro (Marcantonio). Libro de' nobili della ser. rep. Veneta, con origine delle loro famiglie; con tutti li reggimenti si di terra come di mar, 1632, in-8, de 5 ff. et 484 pages, armoiries coloriées, demi-rel. v. br. (*Armes des Valier, peintes sur le titre.*)

Manuscrit autographe de l'auteur, qui a signé la dédicace en vers, adressée à Bertucci Valier, d'une des plus nobles familles de Venise. — Il contient les généalogies de cinquante-six familles et deux cent quinze armoiries coloriées.

780. Memorie delle famiglie nobili antiche di Venezia, da Antonia Egenini. *S. l. n. d.*, 4 tomes en 2 vol. gr. in-4, demi-rel. v.

MANUSCRIT INÉDIT et autographe écrit vers 1750. Il contient les généalogies des anciennes familles nobles de Venise, classées par ordre alphabétique, depuis la lettre A jusqu'à la lettre M, avec d'amples additions. — Cet ouvrage n'a pas été continué.

781. Dictionnaire historique, généalogique et critique de l'Angleterre, de l'Irlande et de l'Ecosse, par maître Pierre Thomas M*** écuyer, seigneur de T***, avocat en parlement de Paris. 5 vol. in-4, v. ant. marb. non rog.

MANUSCRIT du XVIIIe siècle.

Incomplet du troisième volume (DE-HE). Le cinquième volume s'arrête à Swart.

Ouvrage très curieux. Non seulement on y trouve des notices sur toutes les familles nobles de la Grande-Bretagne, rangées par ordre alphabétique, souvent avec leurs blasons; mais encore la relation des événements politiques ou militaires auxquels ces familles ont pris une part active.

782. A History of the family of Fortescue, in all its branches, by Thomas (Fortescue) lord Clermont. *London, Ellis*, 1880, in-4, carte, port. bas. brune, fil. non rog.

783. La Vie privée des anciens, texte par René Ménard, dessins d'après les monuments antiques, par Cl. Sauvageot. *Paris, Vve A. Morel*, 1880, in-8, fig. br.

Tome Ier : les Peuples dans l'antiquité.

784. La Milice des Grecs et Romains, traduite en françois du grec d'Ælian et de Polybe par Louys de Machault Sr de Romaincourt. *Paris, Hierosme Drouart*, 1616, in-fol. titre gravé, fig. parchemin.

Piqûres de vers.

785. Sabine, ou Matinée d'une dame romaine à sa toilette à la fin du premier siècle de l'ère chrétienne, pour servir à l'histoire de la vie privée des Romains et à l'intelligence des auteurs anciens. Traduit de l'allemand de G. A. Bœttiger (par Clapier). *Paris, Maradan*, 1813, in-8, fig. au trait, demi-rel. mar. vert, tête dor. ébarbé. (*Thivet.*)

786. Real Museo borbonico. *Napoli, dalla stamperia reale*, 1824-1839, 12 vol. in-4, pl. v. brun, fil. et comp. à froid.

Tomes I à XII moins le tome VIII qui manque (il faudrait 16 volumes). Mouillures.

787. Abécédaire ou Rudiment d'archéologie (architectures civile et militaire), par M. de Caumont. *Paris, Derache*, 1858, in-8, portrait, demi-rel. v. f.

Taches d'humidité.

788. Mémoire sur deux bas-reliefs mithriaques qui ont été découverts en Transylvanie, par M. Félix Lajard. *Paris. Impr. royale*, 1840, in-4, 6 pl. gravées au trait, demi-rel. mar. bleu avec coins.

789. Recueil de fragmens de sculpture antique en terre cuite (par J.-B. George Seroux d'Agincourt). *Paris, Treuttel et Wurtz*, 1814, in-4, portrait et 37 pl. gravés, br.

790. Specimens of antient sculpture, ægyptian, etruscan, greek and roman; selected from different collections in Great Britain, by the society of dilettanti. *London, printed by T. Bensley*, 1809, gr. in-fol. 75 pl. gravées, cart. non rogné.

Tome Ier, il faudrait 2 volumes. Exemplaire en GRAND PAPIER.

791. Segmenta nobilium signorum e statuarum quæ temporis dentem invidium evasere Urbis æternæ ruinis erepta typis æneis ab se commissa perpetuæ venerationis monumentum Franciscus Perrier, 1638. *Romæ superiorum permissu. A Paris, chez la Ve de deffunct Périer*, in-fol. titre et 99 planches, bas.

Il manque à cet exemplaire la dernière planche (n° 100) et les 2 ff. d'Index.

792. Nouveau Manuel complet de numismatique ancienne par J.-B.-A. A. Barthelemy. *Paris, Roret,* 1866, in-12, et atlas in-8, obl. de 12 planches de médailles, demi-rel. chag. vert.

793. Discours sur les médailles et graveures antiques, principalement romaines, plus une exposition particulière de quelques planches ou tables de ce livre, par M. Ant. Le Pois. *Paris, Mamert Patisson,* 1579, pet. in-4, fig. de médailles, mar. r. fil. (*Rel. anc.*)

Au chiffre de Peiresc sur les plats.

794. Discorsi del s. Don Antonio Agostini sopra le medaglie et altre anticaglie divisi in XI dialoghi; tradotti dalla lingua spagnuolo nell'Italiana. *In Roma, presso Ascanio et Girolamo Donangeli,* 1592, in-4, titre gravé et planches de médailles, mar. r. milieu doré sur les plats, fil. tr. dor. (*Rel. anc.*)

Une planche est doublée au verso du titre, déchirure au portrait.

795. Mémoires de la Société française de numismatique et d'archéologie publiés sous la direction de A. Lemaître. — Section d'art héraldique. *Paris,* 1874, in-4, fig. de blasons, br.

Ce volume contient : l'Armorial historique du diocèse et de l'État d'Avignon par H. Regnard-Lespinasse.

796. Egyptian Inscriptions from the British Museum and other sources (second series) by Samuel Sharpe. *London, Ed. Moxon,* 1855, titre, texte explicatif et 96 pl. en 4 fascicules in-fol.

797. Archéologie chrétienne, ou Précis de l'histoire des monuments religieux du moyen âge, par M. l'abbé J.-J. Bourassé. *Tours, Ad. Mame,* 1841, in-8, fig. br.

Taches d'encre sur le titre, mouillures.

---

798. Universal Palæography by M. J.-B. Silvestre, translated from the french, and edited with corrections and notes by Sir Frederic Madden. *London, Henry G. Bohn,* 1849, 2 vol. in-8 de texte et un vol. in-fol. contenant 78 planches noires et en couleur, cart. perc. r.

799. The History, art and palæography of the manuscript styled the Utrecht Psalter, by Walter de Gray Birch. *London, Bagster,* 1876, in-8, fac-similés, cart. perc.

800. Science hiéroglyphique, ou Explication des figures symboliques des anciens, avec différentes devises historiques. *La Haye, chez Jean Swart,* 1746, in-4, pl. bas. ant. marb.

801. Ernouf (le baron). Les Inventeurs célèbres. *Paris, Hachette,* 1877-1884, 5 vol. in-12, br.

Les Inventeurs du gaz et de la photographie. — Deux inventeurs célèbres. — Histoire de trois ouvriers français. — Histoire de quatre inventeurs français au XIXe siècle. — Denis Papin, sa vie et son œuvre (1617-1714).

802. Origine des cartes à jouer, recherches nouvelles sur les naïbis, les tarots et sur les autres espèces de cartes, ouvrage accompagné d'un album de soixante-quatorze planches, par R. Merlin. *Paris, Rapilly, s. d.,* in-4, 74 pl. br.

Incomplet d'une planche.

803. Académie des inscriptions et belles-lettres, années 1873 à 1884 inclus. quatrième série. *Paris, Impr. nationale,* 1873-1884, 12 tomes en 46 livraisons in-8, br.

804. Mémoires de la Société d'ethnographie. *Paris, Maisonneuve,* 1881-82, 3 br. in-4.

Livraisons I, II, et III.
Infériorité des civilisations précoces, par le Dr Gaetan Delaunay. — Études ethno-

graphiques sur les Bachkirs, par Wl. de Youferow. — Les Documents écrits de l'antiquité américaine, compte rendu d'une mission scientifique en Espagne et en Portuga par L. de Rosny, carte en chromo et pl. héliogravées.

805. Annuaires du club Alpin français et bulletins trimestriels. *Paris, Hachette*, 1876 à 1882, 7 vol. in-8, br. et fascicules.

V. BIOGRAPHIE. — BIBLIOGRAPHIE. MÉLANGES. — JOURNAUX

806. Dictionnaire historique et critique, de Pierre Bayle, nouvelle édition augmentée des notes. *Paris, Desoer*, 1820-24, 16 vol. in-8, demi-rel. v. bleu, fil. tr. marb. (*Thouvenin.*)

807. Le Plutarque français, vie des hommes et femmes illustres de la France avec leurs portraits en pied, publié par Ed. Mennechet. *Paris, de l'impr. de Crapelet*, 1845-1851, 8 vol. gr. in-8, portraits, demi-rel. bas. verte.
Mouillures au tome V.

808. F. Rabelais à la Faculté de médecine de Montpellier. Autographes, documents et fac-similés par le Dr R. Gordon. *Montpellier et Paris*, 1876, in-4, br.
Exemplaire sur PAPIER DE CHINE.

809. Mémoires et correspondance de Mme d'Epinay. *Paris, Brunet*, 1818, 3 vol. in-8, demi-rel. bas. f.

810. Madame la comtesse de Maure, sa vie et sa correspondance, suivies des maximes de Mme de Sablé et d'une étude sur la vie de Mlle de Vandy, par Edouard de Barthélemy. *Paris, J. Gay*, 1863, in-12, papier de Hollande, br.

811. Biographie des dames de la cour et du faubourg Saint-Germain, par un valet de chambre congédié (par Piton et E. de Monglave). *Paris*, 1826, in-32, demi-rel. v. f.
Édition originale.

812. Galerie historique et biographique des hommes illustres du jour, par Germain Sarrut et B. Saint-Edme. *Paris*, 1849, 6 vol. gr. in-8, texte à 2 col. portr. cart.

813. Œuvres de François Arago. Notices biographiques. *Paris, Gide et Baudry*, 1854, 3 vol. in-8, cart.

814. Biographie d'Alfred de Musset (par Paul de Musset). *Paris, Alph. Lemerre*, 1877, in-12, portraits, br.
Exemplaire en PAPIER WHATMAN, portraits en 2 états.

815. Mémoires de Jacques Casanova de Seingalt, écrits par lui-même. *Bruxelles, J. Rozez*, 1863, 6 vol. in-12, fig. demi-rel. chag. vert avec coins, dos orné, fil. doré en tête, ébarbé.

816. Mémoires de Jacques Casanova de Seingalt, écrits par lui-même. *Bruxelles, J. Rozez*, 1863, 6 vol. in-12, demi-rel. v. viol. avec coins, fil. tr. peigne.

817. Ibn Khallikan's biographical dictionary translated from the arabic by baron Mac. Guckin de Slane. *Paris, printed for the oriental translation fund of Great Britain*, 1843-1871, 4 vol. in-4, cart. perc.

---

818. De la Bibliomanie, par Bollioud Mermet. *Paris, Académie des bibliophiles (D. Jouaust)*, 1866, in-16 de 81 pp. demi-rel. mar. vert avec coins, doré en tête, ébarbé. (*Allô.*)

819. Les Amateurs de vieux livres, par P. L. Jacob (Paul Lacroix), bibliophile. *Paris, Ed. Rouveyre,* 1880, br. in-8 de 60 pages.

820. Caprices d'un bibliophile, par Octave Uzanne. *Paris, Ed. Rouveyre,* 1878, pet. in-8, front. br.

821. Quelques femmes bibliophiles. Notes recueillies par J. Gay. *Bordighère, J. Gay,* 1875, in-12, br.

Tiré à 50 exemplaires, non mis dans le commerce.

822. Bulletin du bibliophile, publié par J. Techener, *Paris, J. Techener,* 1845-1880, 17 vol. in-8, cart. et 26 livraisons.

Années 1815, 1848 à 1853 inclus, 1857 à 1865 inclus, 1869, 1872 et 1873, 1880.

823. Les Mystères des bandes noires. Bibliophiles, bibliomanes, directeurs de ventes, crieurs jurés, etc., par Josse Sacré. *Bruxelles, Josse Sacré,* 1866, in-12, photographie, cart.

824. Guide de l'amateur de livres à vignettes du XVIIIe siècle, par Henri Cohen, seconde édition, frontispice à l'eau-forte par J. Chauvet. *Paris, P. Rouquette,* 1873, in-8, front. demi-rel. mar. r. jans. avec coins, tête dor. éb. (*Gruel.*)

825. Recherches sur diverses éditions elzéviriennes, par Gustave Brunet. *Paris, Aug. Aubry,* 1866, in-12, vél. tr. dor.

826. Curiosités bibliographiques et artistiques. Livres, manuscrits et gravures qui, en vente publique, ont dépassé le prix de mille francs, etc., par Gust. Brunet. *Genève, J. Gay,* 1867, in-8, br.

827. Notice sur les écrivains érotiques du XVe siècle et du commencement du XVIe, extrait de l'ouvrage allemand du docteur Graesse, traduit et annoté par un bibliophile (M. G. Brunet). *Bruxelles, A. Mertens,* 1865, in-12, br.

828. Sur les obscénités, remarques par Pierre Bayle, publiées pour la première fois séparément, avec une notice bio-bibliographique. *Bruxelles, Gay et Doucé,* 1879, in-12, br.

829. Bibliographie anecdotique du jeu des échecs, par Jean Gay. *Paris, J. Gay,* 1864, in-12, papier de Hollande, br.

830. Geofroy Tory, peintre et graveur, premier imprimeur royal, réformateur de l'orthographe et de la typographie sous François Ier, par Aug. Bernard. *Paris, Tross,* 1865, in-8, br.

831. Marat dit l'Ami du peuple. Notice sur sa vie et ses ouvrages, par M. Ch. Brunet. *Paris, Poulet-Malassis,* 1862, in-12, de 57 pp. portrait, demi-rel. mar. r. doré en tête, non rogné.

832. Essai sur la décoration extérieure des livres, par MM. Marius Michel, relieurs-doreurs. *Paris, Morgand,* 1878, br. in-8 de 16 pp.

On a joint un portrait de Trautz-Bauzonnet et 15 planches en chromolithographie, reproduction de reliures extraites du Bulletin Morgand-Fatout.

833. Catalogus librorum et manuscriptorum japonicarum a Ph. Fr. de Siebold collectorum, annexa enumeratione illorum, qui in Museo regio hagano servantur. Auctore Ph. Fr. de Siebold, libros descripsit J. Hoffmann, Accedunt tabulæ lithographicæ XVI. *Lugduni Batavorum, apud auctorem.* 1845, in-fol. pl. non rel.

834. Catalogue des livres de Madame Du Barry avec les prix, à Versailles, 1771. Reproduction du catalogue manuscrit original avec des notes et une préface par P. Lacroix. — Bibliothèque de la reine Marie-Antoinette au petit Trianon, d'après l'inventaire original, dressé par ordre de la Convention, catalogue avec des notes inédites du marquis de Paulmy,

mis en ordre et publié par Paul Lacroix. *Paris, J. Gay*, 1863, et *Aug. Fontaine*, 1874.— Ens. 2 vol. in-12, br.

835. Bibliothèque de la reine Marie-Antoinette au château des Tuileries, catalogue authentique publié d'après le manuscrit de la Bibliothèque nationale, par E. Q.-B. (Ern. Quentin-Bauchart). *Paris, D. Morgand*, 1884, in-12, papier de Hollande, br.

Tiré à petit nombre.

836. Catalogue des livres rares et précieux, et de la plus belle condition, composant la bibliothèque de M. G. de Pixerécourt. *Paris, J. Crozet*, 1838, in-8, br.

Exemplaire avec les prix d'adjudication mis à l'encre; la table imprimée des prix et le catalogue des autographes et manuscrits qui contient le carton (supprimé) sur Mme la duchesse d'Aiguillon.

837. Catalogue d'une très riche mais peu nombreuse collection de livres, provenant de la bibliothèque de feu M. le comte J. N. A. de Fortsas, dont la vente se fera à Brinche, le 10 août 1840. *Mons, typogr. d'Em. Hoyois, s. d.*, in-8 de 16 pp. cart.

Réimpression faite à trente exemplaires sur papier de Hollande, et imprimée chez Guiraudet et Jouaust.

838. Notice sommaire par ordre alphabétique des noms d'auteurs des livres composant une petite bibliothèque, avec quelques indications de biographie et de bibliographie (par M. Hyacinthe Vinson). *Pondichéry, impr. de E. V. Geruzet*, 1857, in-4, br.

Tiré à petit nombre.

839. Catalogue of the Beckford library, removed from Hamilton palace. *London*, 1882-1883, 4 vol. gr. in-8, br.

Exemplaire en GRAND PAPIER.

---

840. Dictionnaire universel des sciences, des lettres, et des arts par M. N. Bouillet. *Paris, L. Hachette*, 1854, fort vol. in-8, texte à 2 col. demi-rel. chag. noir.

La reliure est déboîtée.

841. Bibliothèque des artistes et des amateurs, ou Tablettes analytiques et méthodiques sur les sciences et les beaux-arts, par l'abbé de Petity. *Paris, P.-G. Simon*, 1766, 2 tomes en 3 vol. in-4 (le tome II est en deux parties), fig. demi-rel. bas. f.

842. LEXICON BIBLIOGRAPHICUM et encyclopædicum a Mustafa ben Abdallah. Katib Jelebi dicto et nomine Haji Khalfa celebrato, compositum primum edidit, latine vertit et commentario indicibusque instruxit Gust. Fluegel. *Leipzig*, 1835, 7 vol. in-4, cart. perc.

Le 7e volume contient les tables et les notes sur les 6 premiers volumes et les catalogues des mss. conservés dans les bibliothèques du Caire, de Damas, d'Alep, de Rhodes et de Constantinople. C'est de cet ouvrage que Herbelot a tiré sa *Bibliothèque orientale* et Hammer son *Encyclopædische Uebersicht der Wissenschaften des Orients*.

843. Anecdotes historiques, légendes et apologues tirés du recueil inédit d'Etienne de Bourbon, publiés pour la Société de l'histoire de France, par A. Lecoy de La Marche. *Paris, Renouard*, 1877, in-8, br.

844. Histoire des farceurs célèbres, par Henry de Kock et Edouard Montagne. *Paris, V. Brunel*, 1872, gr. in-8, fig. demi-rel. bas. v.

845. Histoire de la crinoline au temps passé, par Albert de La Fizelière, etc. *Paris, A. Aubry*, 1859, in-16 de 108 pages br. couverture imprimée.

846. Sur les sacs appelés ridicules, et sur les poches. Dissertation de M. Bœttiger, traduite de l'allemand, par F.-J. Bast. *Paris, de l'impr. de Didot jeune*, 1801, in-8 de 22 pp. demi-rel. mar. r. jans. avec coins, doré en tête. (*Allô.*)

847. Recueil factice de 44 pièces historiques, curieuses et pour la plupart rares, en 1 vol. in-4, mar. bleu, fil. tr. dor. (*Rel. anc.*)

Octav. Vester. Barbianus : Gratiarum actio ad S. D. N. Gregorium XIII. — Ad Clementem VIII, pont. max. gratulatio ob renovatam susceptæ pontificalis coronæ memoriam. — Ad Antonium de Cardona et Corduba Suessæ ducem, anagrammata. — Ad. S. D. N. Clementem octavum de tertio ineunte pontificatus anno gratulatio. *Romæ*, 1581-1594. — Vincent. Blasius : Oratio funebris in laudem Alex. Farnesii. — Oratio funebris habita Nepetæ cum eo cadaver Horatii Celsi humaretur. — Oratio pro se ipso in Academia romana habita, ann. 1592. — Oratio quæ gratias Deo agit pro novo pontifice Clemente VIII. — De felici S. D. N. Gregorii XIV pontificatu oratio 1591. — Oratio habita in exequiis Ludovici de Bar. *Romæ*, 1590. — Conclusiones theologicæ ac philosophicæ. *Ib*. 1590. — Aug. Bucui ad Sixtum quintum pont. max. oratio 1586. *Ib*., 1586. — Stanislai Orichovii turcicæ duæ. *Ib*., 1594. — Joseph. Martii oratio in laudem Vincent. Justiniani gubernatoris Tiburis. *Ib*., 1593. — Ad Flaminium Parisium Consentinum Ant. Vallii Romani odæ tres, *Ib*., 1593. — Joseph Castalionis a quattuor Cardinales a Clemente VIII creati carmen. *Ib*., 1593. — Joannis de Solorzano Cintio Aldobrandino Clementis VIII nepoti, concio dicata. *Ib*., 1593. — Barbiani ad Clementem VIII gratulatio. *Ib*., 1593. — Terzanii J.-F. oratio ad Clementem VIII nomine Alphonsi II Estensis ducis. *Ib*., 1592. — Cristoph. Castelletti oratio. *Ib*., 1592. — Ad Gregorium XIV Nic. Tuccii oratio. *Ibid*., 1591. — Orationes Bartholom. Peretti in die cinerum et ascensionis Domini. *Ib*., 1590. — Bernardi episcopi Luccoriensis oratio obedientialis. *Ibid*, 1590. — Joseph. Avriæ oratio de vitæ humanæ fragilitate. *Ibid*, 1588. — Ad Sixtum quintum Philippi II Hispaniæ regis nomine oratio habita a Joseph. Stephano. *Ibid*., 1586. — A Columnæ oratio ad Philippum II Hispaniæ regem. *Ibid*, 1585. — Martæ epistola qua ordo theatri curiæ romanæ explicatur. *Ibid*., 1589. — P. Brunelli de ecclesiastica dignitate et disciplina oratio. *Ibid*. 1592. Edmundi a Cruce epistola. — Bernardi episcopi Luccoriensis pro Sigismundo III oratio obedientialis. *Ibid*, 1590. — Ant. Buccapadulii de Pontifice Max. declarando oratio. *Ibid*. 1590. — P. Ugonii oratio in funere Urbani VII. *Ibid*, 1590. — H. Ragazoni episcopi ad Cardinales. *Ibid*., 1591. — Vazmottæ in Gymnasio romano. *Ibid*. 1584. — Nicolai a Monte oratio ad Gregorium XIV. *Ibid*., 1591. — Ant. Mureti oratio in funere Karoli IX, Gallorum regis. *Ibid*, 1571. — Ejusdem orationes tres. *Ibid*., 1561. — Discorso sopra la Triegua Rotta nel l'anno 1556. — Copia d'une lettera che contiene la consecratione del re Francesco di Francia. *Ibid*., 1569. — Marcelli Palonii ludus equestris (carmen). *Ibid*., 1541, (*titre déchiré*). — Statua D. Pauli a 'dextris D. principis Ecclesiæ Petri non removenda. *Ibid*. 1573.

848. Journal asiatique, 1828 à 1875, 30 vol. et environ 230 livraisons in-8, dépareillées.

Les années 1828, 1836, 1837, 1838, 1839, 1846, 1848, 1850, 1851, 1852, 1860, 1862 et 1867 sont complètes. Quelques-unes sont doubles.

849. Archæological Survey in India. Reports 1862-1878, by Alex. Cunningham, J.-B. Beglar, Carlleyle. *Simla Calcutta*, 1871-1880, 11 vol. in-8, cartes, fig. cart. perc.

850. La Marseillaise, rédacteur en chef Henri Rochefort. Du 19 décembre 1869, au 1er avril 1870, 102 numéros in-fol. en feuilles.

Collection complète.

LIVRES EN NOMBRE

851. Album. Grand bonheur des petits enfants. *Paris, Am. Bedelet, s. d.*, in-4, fig.

25 exemplaires en feuilles pliés et assemblés avec 1 gravure, plus 1 exemplaire cart.

852. Alphabet avec exercices de lecture gradués. *Paris, Am. Bedelet, s. d.*, in-16 de 16 pages, fig.

116 exemplaires cartonnés.
La couverture porte comme titre : Bon Point.

853. Alphabet avec exercices de lectures graduées. *Paris, Am. Bedelet, s. d.*, in-12, obl. fig. (17 exemplaires en feuilles avec couvertures, portant comme titre : Alphabet récréatif; plus 1 exemplaire cart.) — Militaires en action, alphabet avec exercices méthodiques. *Paris, Am. Bedelet, s. d.*, in-12, fig. en couleur (10 exemplaires en feuilles, plus 1 exemplaire cartonné). — Aux champs et à la ferme. Alphabet. *Paris, Am. Bedelet, s. d.*, in-12, fig. (10 exemplaires en feuilles; plus 1 exemplaire cart.) — Al-

phabet avec exercices méthodiques sur les principales difficultés de la lecture. *Paris, Am. Bedelet, s. d.*, in-12, cart. (4 exemplaires). — Alphabet album. Loisirs instructifs. *Paris, Am. Bedelet, s. d.*, in-8, cart. (3 exemplaires).

854. Alphabet parlant, avec exercices divertissants, album enfantin. *Paris, Am. Bedelet, s. d.*, gr. in-8, fig. en couleur.

82 exemplaires en feuilles, texte et gravures, dont un cartonné, plus 15 exemplaires sans les figures, et 45 couvertures seulement, portant comme titre : *Alphabet en action*.

855. Arabesques alphabétiques avec exercices méthodiques sur les principales difficultés de la lecture. *Paris, Am. Bedelet, s. d.*, in-12, 8 planches en couleur.

47 exemplaires en feuilles pliés, avec gravures, et 15 couvertures, plus un exemplaire cartonné.

856. Contes vrais, petite mosaïque historique dédiée au jeune âge par Mme Eugénie Foa. *Paris, Am. Bedelet, s. d.*, in-12, fig. cart. (15 exemplaires) — Les Cris de Paris avec leurs intonations et leur musique, par E. Houx-Marc. *Paris, Am. Bedelet, s. d.*, in-12, fig. en couleur, cart. (8 exemplaires). — Alphabet des enfants bien sages, avec exercices de lecture gradués. *Paris, Am. Bedelet, s. d.*, in-12, fig. lithogr. teintées, cart. (7 exemplaires). — Animaux sauvages. Alphabet. *Paris, Bedelet, s. d.*, in-12, fig. coloriées, cart. (13 exemplaires).

857. Grand Album pittoresque, nombreuses lithographies et vignettes sur bois, avec légendes, couplets enfantins, musique, etc. *Paris, Am. Bedelet, s. d.*, in-4, fig.

60 exemplaires en feuilles, pliés et assemblés, plus 1 exemplaire cartonné.

858. Les Jours de congé. Alphabet avec exercices méthodiques sur les principales difficultés de la lecture. *Paris, Am. Bedelet, s. d.*, in-12 carré, fig. et 8 gravures coloriées.

33 exemplaires texte et gravures en feuilles, pliés, plus 1 exemplaire cartonné.

859. Les Lettres animées. Alphabet avec exercices récréatifs, ouvrage nouveau, dédié aux enfants par Eugène Houx-Marc. *Paris, Am. Bedelet, s. d.*, in-8, fig.

62 exemplaires en feuilles, figures noires et 20 exemplaires cartonnés, dont 11 figures noires et 9 figures coloriées.

860. La Monarchie française en estampes. Tableaux de tous les rois et empereurs les plus célèbres, reines, impératrices, régentes, princes et princesses, et des autres principales illustrations de l'histoire de France, dessins de M. Fossey, texte par Elisabeth Muller. *Paris, Am. Bedelet, s. d.*, in-4 obl. 24 planches lithographiées teintées.

26 exemplaires cartonnés.

861. Mythologie pittoresque, la Fable racontée au jeune âge par Mme Élisabeth Müller, dessins de M. Fossey. *Paris, Am. Bedelet, s. l.*, in-8, bl. fig. et 8 planches lithogr. à deux teintes.

60 exemplaires en feuilles, texte et gravures, plus 1 exemplaire cartonné.

862. Petites Histoires et grandes gravures, pour les premières lectures *Paris, Am. Bedelet, s. d.*, gr. in-8 de 16 pages, fig.

41 exemplaires cartonnés, figures noires.

863. Voyages et aventures de Bob l'Écureuil, représentés par un grand nombre de gravures avec texte imité de l'anglais. *Paris, Am. Bedelet, s. d.*, in-16.

81 exemplaires cartonnés, figures noires.

864. Petite Bibliothèque dramatique publiée avec notice et note, par Georges d'Heylli. *Paris, Libr. générale*, 1877-1882, 3 vol. in-12, br.

Théâtre de Le Sage, Sedaine et Dufresny.

865. Ferdinand Cartairade. Du cœur aux lèvres, poésies. *Paris, Libr. des bibliophiles (impr. D. Jouaust)*, 1874, in-12 de XIX-251 pp. papier vélin, br.

2 exemplaires.

866. — Les Fleurs sous l'herbe, poésies, *Paris, Libr. des bibliophiles (impr. D. Jouaust)*, 1874, in-12 de 245 pp. papier vélin, br.

154 exemplaires.

867. — Le Jour et la Nuit, poésies. *Paris, Libr. des bibliophiles (impr. D. Jouaust)*, 1874, in-12 de 249 pp. papier vélin, br.

147 exemplaires.

868. Le Livre des récompenses et des peines en chinois et en français; accompagné de quatre cents légendes, anecdotes et histoires qui font connaître les doctrines, les croyances et les mœurs de la secte des Tao-Ssé, traduit du chinois par Stanislas Julien. *Paris-London*, 1835, in-8, cart.

16 exemplaires, papier ordinaire.
9 exemplaires, grand papier.

869. Saint-Amand (Léopold Hervieux, conseiller municipal de la ville de Paris). Théâtre complet. *Paris, Librairie dramatique*, 1867, in-12 de 445 pages, broché.

1,400 exemplaires.

---

870. L'Herbier des demoiselles, ou Traité complet de la botanique, ouvrage illustré de 230 figures dans le texte, par Edm. Audouit, nouvelle édition, revue et corrigée par le Dr Hoefer. *Paris, Didier*, 1867, in-12, figures dans le texte, et atlas in-4 obl. contenant 106 planches, renfermant plus de 350 sujets dessinés par Belaife, et coloriés avec soin, demi-rel. chag. vert.

871. L'abbé Lenoir. L'Evangile pour la jeunesse, illustré par G. Staal, contenant vingt-quatre gravures et dix cartes spéciales de la Terre-Sainte et de Jérusalem. *Paris, E. Maillet, s. d.*, gr. in-8, fig. demi-rel. chag. vert, plats toile, tr. dor.

872. Les Trente-six volontés de Mademoiselle, par J.-T. de Saint-Germain, dessins de Ch. Vernier. *Paris, Joseph Albanel*, 1870, in-4, fig. en couleur. — Trésors du bonheur sur la terre. *A Lyon, chez Pintard, s. d.*, in-4, fig. en couleur.—La Poupée parlante, par François Janet. *Paris, Magnin, Blanchard*, in-4, fig.—Les Rois et Reines de France, en estampes. *Paris, Martinet, Hautecœur, s. d.*, in-4, fig. — Ens. 4 vol. in-4.

Il sera vendu à la fin de chaque vacation, un ou plusieurs lots de livres non catalogués.

Paris. — Typ. G. Chamerot, 19, rue des Saints-Pères. — 18132.

V^VE ADOLPHE LABITTE

LIBRAIRIE DE LA BIBLIOTHÈQUE NATIONALE

4, rue de Lille, Paris.

MARQUES TYPOGRAPHIQUES

OU RECUEIL DES MONOGRAMMES

Chiffres, Enseignes, Emblèmes, Devises, Rébus et Fleurons des libraires et imprimeurs qui ont exercé en France depuis l'introduction de l'imprimerie en 1470 jusqu'à la fin du xve siècle. A ces remarques sont jointes celles des libraires et imprimeurs qui, pendant la même période, ont publié hors de France des livres en langue française.

Par M. L.-C. SILVESTRE

2 volumes grand in-8, contenant 1,310 figures sur bois, brochés . . . . . 64 fr.

MANUEL DE L'AMATEUR D'ILLUSTRATIONS

GRAVURES ET PORTRAITS

POUR L'ORNEMENT DES LIVRES FRANÇAIS ET ÉTRANGERS

Par J. SIEURIN

Un beau volume in-8, beau papier teinté, broché. . . . . 12 fr.
Grand papier de Hollande. . . . . 24 fr.

Cet ouvrage est un excellent guide pour les amateurs de livres à vignettes, indispensable pour l'illustration des livres français et étrangers. Il renferme sur les différents états des suites de curieux détails que M. Sieurin seul connaissait; il peut être illustré de planches détachées.

Les exemplaires en grand papier sont presque épuisés.

BIBLIOGRAPHIE PARÉMIOLOGIQUE

ÉTUDES BIBLIOGRAPHIQUES ET LITTÉRAIRES

SUR LES OUVRAGES CONSACRÉS AUX PROVERBES DANS TOUTES LES LANGUES

Par M. G. DUPLESSIS

1 volume in-8, broché . . . . 10 fr.

GLOSSAIRE FRANÇAIS DU MOYEN-AGE

A L'USAGE

DE L'ARCHÉOLOGUE ET DE L'AMATEUR DES ARTS, ETC.

Par M. le M. LÉON DE LABORDE

1 volume in-12, broché. . . . . 4 fr.

LEROUX DE LINCY

RECHERCHES SUR JEAN GROLIER

Grand in-8° et atlas in-folio . . . . 15 fr.

Publication très remarquable et très utile aux bibliophiles

DE SAINT-ALLAIS

NOBILIAIRE UNIVERSEL DE FRANCE

OU RECUEIL GÉNÉRAL DES GÉNÉALOGIES HISTORIQUES

DES MAISONS NOBLES DE CE ROYAUME

Paris, 1872-1876, 20 tomes en 40 volumes, plus un volume de *Supplément*, ensemble 41 volumes in-8°, brochés . . . . 100 fr.

Exemplaire de choix ne contenant aucun des volumes réimprimés.

La 2e partie du tome XX contient la *Table générale* des généalogies contenues dans les 20 tomes.

www.ingramcontent.com/pod-product-compliance
Ingram Content Group UK Ltd.
Pitfield, Milton Keynes, MK11 3LW, UK
UKHW020352180726
13839UKWH00003B/1052